魔豆

炮灰要向上

vol.4

穿越變成音樂網紅

香草 著

炮灰要向上 vol.4

目錄

第一章・未來世界

這一次完成任務、回到鏡靈空間以後，堇青依然沒有逗留太久，與團子寒暄片刻，便再次投身到下一個小世界中。

有了前幾世的經驗，堇青幾乎可以肯定她的戀人死後會轉世到其他世界。雖然戀人轉世後無法保留以前的記憶，甚至連性格與生活習慣也因爲成長環境因素而變得有所不同，但堇青卻有信心，只要遇上對方，總會把他認出來的。

怕只怕她穿越的，與戀人轉世的根本不是同一個世界。

兩人以大將軍與丞相千金的身分相戀相知的那一世起，他們在之後轉世的兩個世界也成功遇上了。這麼高的相遇機率，給了堇青在下一世能再遇上戀人的希望。

想到也許很快便能夠遇上戀人，堇青不由自主地想像這一次對方會是怎樣的身分，又會是怎樣的性格……

現在投身到不同的小世界出任務，除了收集天道之力來滋養靈魂準備復活外，尋找戀人也成了堇青另一個很重要的目標。

以前的她，完成任務便會立即脫離身處的小世界，除了因爲對那些小世界並沒有太大的留戀外，也是擔心自己會迷失其中。

可自從與戀人相遇後，堇青卻一改之前的習慣，與對方一起經歷了一個個小世界，就像活了幾輩子似的。有誰能這麼幸運，能夠與心愛的人一起相守這麼漫長的時光，連死亡也無法將他們分開？

也許堇青自己並沒有察覺到，與戀人在一起以後，她變得更加豁達，也變得柔和了起來。一個內心滿足而幸福的人，看待事情也會變得寬容而自信。

所以說，愛情會讓人改變，這也不是沒有道理的。談一場好的戀愛，的確會讓人成長。

堇青性格堅毅樂觀，她並不怕短暫的別離，反而還把尋找自家戀人視爲雙方的小情趣。

即使對方忘了她也不要緊，反正他們還能夠一起創造更多美好的新回憶，不是嗎？

堇青心裡滿滿想著自家戀人，離開鏡靈空間時，並沒有注意到身後團子看著自己的眼神，滿是擔憂卻欲言又止。

▲▲▲

與上一個小世界剛穿越便遇上喪屍圍攻的驚險不同，這一次穿越後，堇青身處在滿布樂器與樂譜的房間裡。

感到一股悠閒氣氛的堇青吁了口氣。要是每一個世界都像上次那麼驚險，她再淡定也吃不消呀！

房間只有堇青一人，她正好可以在不被打擾的情況下悠然接收原主的記憶。

當她接收完畢後，臉上的表情是一言難盡，就像吞了蒼蠅般噁心。

原主生活的地方也是「地球」，可這個「地球」，卻是一個比堇青當時生活的地球還要先進發達許多的未來世界。

這裡每人都配備了一個「光腦」，光腦是由政府統一發放、連結個人身分的超級電腦。它以精神力驅動，簡單至日常使用電器到駕車，或者工作，都須要使用它，可說缺少了光腦，便無法正常生活。

另外，堇青之前所認知的互聯網，到了這個世界已發展成一個名爲「星網」的虛擬世界。

星網是互聯網的升級版，是一個全息的虛擬世界。人們以精神體進入，他們可以在星網裡做很多現實中不能做的事情，經歷與現實中不同的人生體驗、品嚐各式各樣的美食……

進入星網的要求也與使用光腦一樣，只要有精神力便可以了。

在絕大部分東西都是全自動化的未來世界裡，精神力的存在至關重要。要是沒有精神力，別說進入星網，單是要出家門這種小事也做不到。因爲大門連繫著光腦，需要以精神力辨認權限才能打開。

這個世界的人，已經摸索出一種鍛鍊精神力與運用它的方法。但精神力大幅佔據人們的生活也只是近百年的事情，或許因爲這些方法還未成熟，偶爾會出現精神力異常的狀況。

患者的精神力會充滿攻擊性，因爲無法控制而對四周造成破壞。嚴重的話，患者等不及治療便會精神錯亂而死。

最可怕的是，這種異常是無法根治的，只能以舒緩來抑制病情。

精神力異常的患者只要及時給予舒緩便無大礙，因此能夠舒緩精神的職業——比如音樂家、畫家等，便變得重要起來。

精神力異常雖然麻煩，但至少還有治療的方法，然而若是精神力變異，就讓人聞之色變了。

科技的發展讓人們能深入探索宇宙，在探索未知宇宙有著各種機遇的同時，有些宇宙物質卻帶有會對精神力造成損害的輻射。這些輻射讓受害者的精神力變異，從此以後只要一運用精神力便頭痛欲裂；變成這樣，這人可說是已經廢了，而且至今還沒有治療的方法。

精神力在這個世界被人們以低至高劃分爲Ｆ至Ｓ七個等級。只要擁有高等級的精神力，天生便處於高人一等的位置，亦註定了將來所能獲得的成就絕對不低。相反地，要是精神力低下，即使再努力，也跨不過某些學科與工作的門檻，成就註定有限。

原主的精神力有D級，聽起來不算低，至少往下算還有兩級墊底呢！

偏偏她出身於音樂世家，而在這個時代，音樂家在演奏音樂時只要在音樂中加持精神力，便能加強樂曲的感染力，代表能夠更好地治療精神力異常的患者。

自從發現音樂能有效解除精神力異常的狀況後，音樂從此不再僅是陶治性情的娛樂，而變成一種舒緩精神力的手段。音樂家的地位水漲船高，同時，對他們精神力的要求也嚴苛了起來。

而原主的父母，就是音樂家中的佼佼者。

不過，他們在兩年前意外過世了，這讓失去父母的原主一直無法釋懷。她本就很喜愛音樂，悲痛過後決定化悲憤爲力量，成爲一名出色的音樂家，好繼承父母的衣缽。

可惜在這個世界，精神力的強大與否，已成爲決定音樂家能走得多遠的關鍵。原主的精神力只有D，放在其他職業來看也許沒影響，可是若要成爲音樂家，卻絕對不夠看。

眞要說起來，原主的精神力的確不高，可演奏技巧與作曲能力卻非常不錯，只是她年紀尚輕，雖說父母雙亡讓她比同齡人多了些感悟，但終究閱歷不足。即使演奏技巧再好，沒有相對強大的精神力加持，她的音樂便比不上精神力強大的音樂家，能夠讓聽眾產生共鳴，再努力演奏出來的結果也只是普普通通。

正因如此，原主最終無法如願進入理想的音樂學院，而是在星網當一個演奏樂曲來取悅聽眾的音樂網紅。

聽起來做的事情好像差不多，可在這個世界音樂家與網紅的待遇與社會地位有著巨大的差異。甚至可以說，她一個出身音樂世家的人卻當了網紅，是丟了她父母的臉。

原主對此也感到很自卑，亦覺得對不起悉心栽培她的父母。因此在星網註冊網紅ＩＤ時，設定了一個誰也猜不出是她的網名——「青青草」；同時還把在虛擬世界使用的外貌稍作遮掩，因此沒有人知道她這個出身音樂世家的千金小姐跑去當網紅了。

當上網紅以後，雖然粉絲不多，但至少能夠讓她繼續最喜愛的音樂。對原主來說，這樣生活下去也未嘗不是幸福。

然而精神力雖然不高，她在音樂上卻的確是很有天賦的，而且在作曲方面特別有才華。某天，她創作了一首令人驚艷的樂曲，並且被人盯上了！

剽竊原主樂譜的人名爲郭婉怡，是她父母的學生，同時也是她的好友。

原主與郭婉怡情同姊妹，父母過世後，更是把她視爲自己在世上僅存的親人。因此對她沒有絲毫防備，在創作樂曲時更是經常與對方討論。誰知郭婉怡卻見獵心喜，私自拿了原主未完成的樂曲加工，並進行演奏。演奏會大成功，這首歌更是一夜成名！

那時候原主全心都投放在創作樂曲上，不知道自己的樂曲被剽竊了。直至她完成樂曲在星網上直播演奏，卻反過來被人指責抄襲！

原主與郭婉怡演奏的樂曲雖然不盡相同，然而主旋律大致一樣，一聽便知道根本就是同一首曲子，這讓郭婉怡的粉絲頓時炸了！

這個未來世界非常注重知識產權，抄襲是很嚴重的罪名。何況這首曲子已經爆紅，更是引起廣大的注意。

郭婉怡無論是精神力還是知名度都甩出原主一大截，再加上她搶先演奏曲子，人們有了先入爲主的想法，根本沒有人相信原主才是樂曲的原創者。

郭婉怡反把原主告上法庭，讓她百口莫辯，最終被法庭判以敗訴。樂曲的擁有權不僅歸郭婉怡所有，她更要賠償對方鉅額賠償金。

原主的名聲頓時變得臭不可聞，不只嘔心瀝血創作出來的曲子被人剽竊，還要賠上高額的賠償金。更可怕的，是恐怖的網路暴力。

那些在星網上咒罵她的人，有些是眞的嫉惡如仇、看不起她抄襲的行爲。有些則只是單純的跟風責罵，又或者是把自己因生活壓力而累積的怒氣發洩到她身上。

無論如何，網路暴力不只讓原主在星網混不下去，她的真實身分還被黑客扒了出來。當被人得知她出身於音樂世家，卻因爲精神力不高才去當網紅，最後還厚顏無恥地抄襲學姊創作的樂曲後，對她更是厭惡，連帶抨擊起她去世的父母。

原主的住處也被人爆料曝光，不少人往她家門丟臭雞蛋，甚至潑糞，她就連出門也要喬裝，就怕碰上郭婉怡的粉絲而被打。

就在她跌落谷底時，郭婉怡的兄長郭松永竟對她展開熱烈的追求。

郭松永這個人……以董青的角度來看，就是那種三觀不正的小說中會出現的霸道總裁。

其實郭松永早已對原主很有好感，也並不是沒有向她告白過。只是原主一直僅把對方視作兄長，沒有絲毫男女之情，因此婉拒了對方的追求。

郭松永自那次後也沒有再提起喜歡原主的事情，依舊當著她的好兄長，她也就把這事情拋諸腦後。

當原主遭受眾人唾罵時，郭松永不單沒有看不起她，甚至還再次向她表白。雖然原主憤怒郭婉怡的所作所爲，然而郭松永卻是無辜的。他甚至向原主表示，如果查明眞的是郭婉怡抄襲她的音樂，一定不會沉默，而是會選擇大義滅親。

郭松永還幫忙控制了輿論，雖然無法立即還原主一片淨土，然而至少成功掐滅了星網上那些怒罵原主父母的言論，這已讓原主非常感激了。

在郭松永的柔情攻勢下，原主開始動搖了。雖然原主對他沒有男女之情，但卻感動於對方對她的不離不棄。就在原主準備鬆口答應他的追求之際，卻讓她偷聽到郭松永與郭婉怡之間的一場對話。

原來郭松永早就知道自家妹妹剽竊原主的曲子，並且對此表示支持。因爲他覺得要是原主被逼得走投無路，他再向原主表白的話，便很容易感動孤立無援的對方，讓對方接受他的追求。

至於他答應會大義滅親的承諾也只是說說而已。當兩人在一起後，郭松永自然有其他說辭來哄騙原主，他從沒想過要眞的爲原主討回公道。

得知兩人狼狽爲奸，自己的不幸也有對方在背後操縱的原因在，原主頓時覺得郭松永那副情深的嘴臉比他的妹妹還要噁心，立即掐滅了與對方在一起的心思。

當郭松永得知原主已經知道了眞相，不會再接納他以後，瞬間黑化，從此走上了變態的道路。

郭松永騙原主到他的別墅，不僅強行佔有她，還把她禁錮在裡面當性奴！

最後原主之所以會死，是因爲她想逃出別墅，卻在爬出窗戶時失足摔落在地。

原本她只是重傷，及時送醫不一定會死。然而碰巧到別墅找郭松永的郭婉怡與她母親目擊了現場，竟沒有替原主叫救護車，只冷眼任由她重傷不治。

前者想著原主若死，她抄襲的眞相便永遠石沉大海了。後者則早就對原主這個迷惑自家兒子的狐狸精深感不滿，亦擔心兒子禁錮他人的事會東窗事發，巴不得她早死早超生。

母女二人迅速達成共識，均沒有救原主的打算。原本光腦在主人受重傷的情況下，會自動向醫院發出求救訊號。然而郭松永爲了斷絕原主與外界聯繫，別墅裡安裝了屏蔽裝置。再加上爲免走漏風聲，別墅位處荒僻，也沒有聘請傭人，整棟房子除了郭婉怡母女就再也沒有人能夠救原主。

原主就這麼吊著一口氣，拖了好一會才在痛苦與絕望中死去……

堇青接收完原主的記憶後，被郭家人的做法噁心壞了。

這家人簡直壞到骨子裡，其中尤以郭松永最甚。邊說著愛，邊毫不在乎地傷害對方。後來還當了強姦犯，而且囚禁原主！

或許郭松永喜歡原主是眞的，但那種喜歡卻是極度自私。他從不在意原主的看法，自私地把對方視爲自己的所有物，傲慢地以勢壓人，並視法律於無物。

堇青無比慶幸自己穿越過來時，這具身體還沒被郭松永怎麼樣。不然一穿越便當了那人渣的性奴，她眞的會被噁心得吐了！

堇青現在嚴重懷疑自己身處的這一個小世界，該不會出自於那些三觀不正的小說裡吧……

記得以前同學曾推薦她看一本言情小說，裡面的霸道總裁就是像郭松永那樣的神經病。對女主又是強暴又是關小黑屋，結局用一個「童年陰影」便把男主做過的所有壞事合理化。然後男主順利獲得女主的原諒，兩人幸福快樂地生活在一起……

這麼喪心病狂的劇情，偏偏她的同學還喜歡得很。覺得強制愛的情節超帶感，可堇青卻認爲這男主只是個噁心的變態而已。

想不到自己有天竟然要與這種變態對上，堇青覺得……自己眞是太幸運啦！

給我對付這種變態的機會，上天眞是待我不薄！

不狠狠把這些姓郭的吊打一番，豈不枉費我穿越一場？

不得不說，堇青這次穿越的時機很好，原主創作的曲子還沒被郭婉怡剽竊，也尚未被郭松永關小黑屋，她有得是時間好好籌謀。

不過在對付這對兄妹以前，堇青還有更重要的事情要做。

——原主的直播時間快要到了！

星網並沒有限定網紅直播的時間，不過原主只要沒有事情在忙，一般都固定在每晚十點開始直播。

雖然原主的精神力只有D，當職業級的音樂家完全不夠看，然而她的演奏技巧與作曲的天賦卻很好；而到星網看音樂直播的人也不是眞的須要舒緩精神力，更多的是想要娛樂一下而已，因此對演奏者的精神力要求並不高。畢竟高精神力的人多得是各種職業可以選擇，不會跑到網上去直播。

因此原主的直播間雖然開沒多久，但在星網上的人氣卻頗高。要是原主一直持續直播，也許能夠摸索出一條新的音樂之路。可惜在成功以前便被郭婉怡所害，最後只得含恨而終。

堇青擁有原主的記憶與身體留下的本能，自然也懂得如何演奏樂器。更因爲是眞的熱愛著音樂，且的確擁有天賦，即使知道自己的起點不及別人也依然肯下苦功，因此演奏出來的音樂很是動人。

又因從小在音樂世家長大，受著音樂的薰陶，有著一身優雅的藝術家氣質。即使在星網直播時以面具遮掩著她漂亮的臉龐，但光是氣質已把在星網上直播的其他音樂網紅甩出了幾條街，要紅起來也只是時間問題罷。

團子問：「青青，妳打算怎麼辦？雖然穿越會繼承原主的身體素質，然而精神力卻會因爲靈魂的強大而變強。現在青青妳的精神力必定強大許多，說不定還到達了傳說中從未有人類達到過的ＳＳ級呢！青青妳不如再做一次精神力檢測來狠狠打那些人的臉吧！」

以團子對堇青的認知，堇青穿越後總能把生活過得有聲有色，而她最喜歡的便是把那些看不起她的人啪啪啪打臉。利用突然強大起來的精神力，這無疑是最方便快捷的方法。

再加上郭氏兄妹隨時盯著堇青準備找她麻煩，以堇青的性格絕不會坐以待斃。那麼，展現出強大的精神力引起他人重視，從而在弱小的時候找一個好靠山，也不失爲一個保護自己的好辦法。

然而堇青卻否決了團子的提議，道：「不，我並不打算把我擁有強大精神力一事公開。這一世，就讓別人以爲我是Ｄ級的精神力就好。」

團子聞言露出「果然如此」的神情：「又是因爲要忠於原主設定，不想ＯＯＣ嗎？」

誰知道堇青卻搖了搖頭：「也不是只有這個原因……」

聽到堇青這麼做還有其他原因，團子頓時十分好奇。

堇青解釋：「一來是我有自信，即使保持著Ｄ級精神力也能夠狠狠打臉那些看不起原主的人。二來嘛，我覺得這個社會太過注重精神力，反而扼殺了人類很多別的可能性。就以原主爲例，其實她的音樂天賦並不低，只要給她時間與機會，未必不能成爲一個音樂大師。然而卻因爲她精神力不高，在求學的時候便斷了音樂之路。人生不應該在出生時就定立了高低，我想試一試即使不依靠精神力，能不能走出一條自己的道路，也算是圓了原主的心願吧！」

堇青沒有告訴團子的是，要是這事情做得好，眞的找到了不依靠精神力也能成功的方法，說不定不只音樂，也能爲其他職業帶來啓發。

有了她這個成功個案當範例，或許這個世界便會醒悟，開始不再一味追求精神力的高低了。

到時候，絕對是改變世界的大功德，堇青想看看在完成了任務、脫離小世界以後，會否再出現那些對她的靈魂大有裨益的金色光點。

第二章・初次直播

雖然直播的日子不長，但原主已是個小有名氣的網紅。當堇青進入直播間時，早已有不少粉絲在守候著，才剛開直播便看到了可觀的觀眾數目。

星網的全息形象非常眞實，無論是視覺還是觸感皆與現實無異。展現在星網直播間的外形與現實中一致，雖然容貌無法更改，然而人們能夠選擇把臉遮掩起來。比如戴上面具，甚至乾脆把臉模糊掉或者打馬賽克。

對於無法進入音樂學院一事，原主心裡是自卑的，覺得對不起身爲名音樂家的父母。爲免被人認出她的身分丟了父母顏面，她選擇將容貌遮掩起來。

雖然堇青覺得上網當網紅是很正當的事業，又不是幹什麼見不得人的勾當，實在沒必要偷偷摸摸。

不過想到還有那對郭氏兄妹要處理，他們還不知道原主當了網紅呢！要是讓他們知道她成了小有名氣的公眾人物，說不定行事會更加小心謹愼，變相讓敵人變得更難對付。

於是堇青便沿用了原主的星網設定，進入星網後，臉上戴著一張精緻的半臉面具，讓人看不到她真正的容貌。

直播間被原主設定成一個小型音樂廳，由於原主擅長多種樂器，因此這裡的樂器應有盡有。即使有些是之前沒有準備，堇青想要的話只要意念一動，輕易便能讓新的樂器在直播間出現。

虛擬世界就是這麼方便、這麼隨心所欲，也難怪在這個小世界裡，這麼多人都喜歡待在星網裡。

要不是在星網待太久會影響精神力，每人的個人終端機限定了上網時數，只怕有些人便待在星網裡不願意出來了。

網癮青年嘛……在哪個有網路的世界都是存在的！

「大家晚上好。」堇青嗓音動聽，再加上從小良好的教育與藝術薰陶，讓她說話時不疾不徐的，自有一番特別韻味。即使她選擇隱藏相貌，可是不說實力，單靠她的聲音與氣質也圈了不少粉。

【小青草晚上好～】

【大大晚上好，今天演奏什麼樂曲？】

【小青草，安安。】

【揮手jpg】

原主在星網的ＩＤ是「青青草」，她其實一開始是想登記別的名字，只是都被別人捷足先登了。

後來煩不勝煩，想著改名「青草」總不會有人同名吧？然而這次是沒有同名了，可登記卻還是沒有通過，因爲網紅的用戶名稱限定至少三個字……

後來因爲登記時輸入的「青」字次數較多，多次登記失敗後星網建議原主ＩＤ名爲「青青草」。已經被用戶名稱打擊得心力交瘁的原主，乾脆使用了星網的建議名稱……

這名字實在有些古怪，原主的粉絲都喜歡暱稱她爲「小青草」或「小草」。看到堇青問好，早已守候在直播間的粉絲們也冒出來了。

堇青與粉絲簡單互動了一下以後，便走到了鋼琴前坐下。出身於音樂世家的她，家裡有著各式各樣的樂器，而原主也學會多種樂器的演奏。這也是她能夠在百花齊放的音樂網紅中脫穎而出的其中一個原因。

【喔喔！今天小青草要彈鋼琴嗎？】

【小青草彈奏鋼琴的模樣真的很有氣質，好想看臉。】

【想看臉+1】

【想看臉+2】

……

【想看臉+1086】

【一直不露臉，該不會長得很抱歉吧？】

【樓上是黑子？】

【確認過眼神，黑子無誤！】

【最討厭就是這些黑子了，不喜歡可以不看，反正這裡也不歡迎你，慢走不

送！】

【即使小草長得不漂亮又怎樣，這可不妨礙我們喜歡她的音樂。】

【就是就是。】

此時堇青並沒有看向螢幕，因此注意不到她的粉絲正努力維護著她。

這個小世界就像個科技更加發達的地球，直播間的樂器與地球的一樣。原主熟習多種樂器，無論中樂還是西樂都難不倒她。堇青繼承了原主的記憶，同時也繼承了她的演奏技巧。

再加上堇青本身亦有演奏的底子，在穿越到不同的世界時也學習了一些樂器，因此她完全不擔心自己無法勝任。

反而是該選擇什麼曲子，這部分倒是須要好好想一想。

原主的直播一直都是演奏這個世界現有的名曲，只是堇青腦袋裡來自不同世界的經典樂曲多得是，便打算弄一些新的花樣。

堇青把手放上琴鍵，彈奏出一首她早已滾瓜爛熟、對於這個小世界的人來說卻很陌生的優美旋律。

不知不覺，直播間原本不停彈出的粉絲留言開始沉寂下來，直至堇青奏出最後一個音符，過了好一會，聽眾們才回過神來，直播間頓時炸了。

演奏結束後，堇青這才再次把視線投向留言上，果不其然，全都是讚美之詞，還有不少粉絲送禮物以表支持。滿直播間都是煙火與鮮花等華麗的特效，這些禮物都是粉絲的打賞，可兌換成實打實的流通貨幣。堇青這次直播所獲得的收入，都比得上原主之前所有直播加起來的收入了。

由於送禮物的人太多，堇青還被禮物的特效淹沒了好一陣子，閃亮亮的特效是很美沒錯，但太多的話害她完全無法視物呀！

名符其實的被錢閃花了眼！

「謝謝大家的禮物，這首樂曲名爲《恩典》，是一首舉行宗教儀式時使用的歌曲……」待視線終於恢復正常，堇青看著不停彈出的讚美及詢問樂曲訊息的留言，微笑著多謝眾人的打賞，並且介紹那首她剛剛彈奏的樂曲。

這其實是堇青當大祭司的那一世，教廷於儀式上所用的樂曲。這首曲子非常動聽，演奏時充滿莊嚴又聖潔的氣氛，曲風與這個世界流行的樂曲有著很大的不同。

堇青不知道這個世界的人能否接受來自異世界的曲風，便挑了這首歌來投石問路。最後證明是金子總會發亮，這首優美的樂曲即使對這個世界的人來說非常陌生，卻依舊讓人喜歡，獲得了相當不錯的反應。

教廷的樂曲要是以光明之力加持，還能有洗滌靈魂的效果。可惜這個未來的科技世界，卻與魔法世界有著本質的不同。

比如堇青曾經是身懷強大光明之力的大祭司，她現在依然擁有使用光明魔法的記憶與技巧，可是這個世界卻沒有魔法元素存在，因此她在這裡無法使用魔法，哪怕是對祭司來說最爲基本的治癒術。

這世界雖然不存在魔法元素，可取而代之卻有著精神力的存在。堇青嘗試以調動光明之力的方法，改爲以精神力來引導樂曲的演奏。然而效果卻是微不可見，完全比不上使用光明之力時的效果。

不過堇青還是敏銳地察覺到精神力的使用雖然不易，但卻能夠以驅動光明元素的方式融合到音樂中。

這發現讓堇青驚喜萬分，雖然現在看不出效果，然而只要她不斷改進融合的方法，說不定能夠找到新的精神力驅動方式，爲精神力低下的人找到出路。又或者能夠改善人們運用精神力時，會出現的精神力異常情況。

剛剛的演奏實在太棒了，直播間的聽眾們仍處於興奮狀態！樂曲動聽又大氣，充滿著聖潔的感覺。

最重要的是，堇青的演奏很有感染力，聽過她的演奏，眾人都覺得靈魂彷彿得到昇華一樣。演奏時，她簡直就像變成了聖潔的修女。

這種感覺太神奇了，要知道現今的音樂家相較於演奏技巧，更注重精神力的傳播。雖然聽過他們的演奏後，精神力異常者會獲得舒緩，精神疲勞也能得到恢復。

然而當音樂家過於注重驅動精神力融入音樂的技巧時，難免讓音樂失去了靈性與藝術性，變得中規中矩起來。

因此這些人都是第一次聽到這麼感動人心的音樂，畢竟堇青的本職是演員，演員本就擅長演繹出想要的情感。再加上她穿越過多個小世界，對人生的感悟與閱歷都遠超於他人，更能讓演奏感染人心，讓人們產生共鳴。

雖然剛剛堇青演奏的音樂來自其他小世界，但她並沒有把這首異世界的樂曲據爲己有，而是老實告訴粉絲們作曲者的名字。

雖然作曲者不在這個世界，即使堇青把樂曲創作者冠上自己的名字，對於原作者也沒有任何影響。然而她並不想剽竊別人的作品，不是自己的東西，就不是自己的，她只是想要對得住自己的良心。

交代過樂曲作者的名字後，堇青並未像原主那樣，演奏結束後便結束直播，而是與聽眾閒聊一番，順道解答一些他們對音樂的疑問。

原主是個眼中只有音樂的音樂家，面對音樂時她能夠一心一意的確很難得沒錯，然而這種性格卻絕不是一個合格的網紅。

原主是那種不食人間煙火的藝術家，不願花費任何心力應付音樂以外的事情。

正因為她心性如此單純，才會輕易被人欺負，亦讓人覺得她瞧不起人，平白惹來別人的不喜。

這次堇青穿越後還是像往常那樣，原主的核心她都會保留下來，並且好好地演繹。比如原主對音樂的熱愛，比如她的一身藝術氣質。

同樣地，堇青也會在原有的性格上做出一些修改。像這次，堇青便會於待人處世方面成熟不少，不然再這麼冷待粉絲，這網紅不知道還能夠做多久呢。

堇青很清楚，能否紅起來，實力固然很重要，但有時候「觀眾緣」更是關鍵。

堇青的轉變，讓那些從一開始便關注原主的老粉絲注意到了。

【小青草遇上什麼好事嗎？感覺上整個人都開朗了不少。】

【我也覺得是，以前主播很少與粉絲互動。】

【對對！雖然小青草依然很優雅很有仙氣，但變得豁然開朗似的，沒有以前那種壓抑的感覺了。】

堇青微微一笑，道：「直播初開時家裡出了一些變故，因此心情有些不好，不是故意不理大家的，抱歉。」

堇青做出這些轉變都是不惹人注意，又或者可以推敲的。就像這一次，她完全可以把性格的轉變推到原主父母雙亡，經歷巨變後性格變得成熟起來。

聽到堇青大方承認自己先前做得不好的地方，粉絲原本就因爲聽到優美的音樂而心情愉悅，看堇青特別順眼與喜愛。聞言更放下了先前被原主冷落的些許不爽，紛紛安慰她。

【沒關係啦！播主有好好演奏音樂就好。】

【大家都有心情低落的時候，我們明白的。】

【不苟言笑的小青草酷酷的，我也很喜歡（笑）】

看到這些留言，堇青心裡充滿了溫暖。

雖然網友的喜歡其實有著很重的水分，嘴巴上所說的「永遠喜歡」、「永遠支持」都算不得眞，然而此刻他們的心意卻是眞實的。

都是些可愛的人啊！

即使在原主記憶中，這些粉絲因爲郭婉怡的挑釁而失望地離她而去，可堇青卻不覺得是他們的錯。那時候所有證據都指向原主抄襲，只要這些粉絲不是三觀不正，也很難毫不在意地繼續支持她。

錯的從來都不是這些粉轉黑的人，而是當抄襲狗還反過來厚顏無恥地指責原作的郭婉怡！

這一次，堇青決定不會再給對方陷害自己的機會。而這些可愛的粉絲們，也不應該因爲心裡的正義感而成爲對方用來攻擊無辜者的武器。

與粉絲閒聊了一會，好好感謝過他們的支持後，堇青這才關掉了直播間，並且把今天直播所得捐到慈善機構。

接收了父母大筆遺產的堇青並不缺錢，而且今天得到的錢很大部分是因爲樂曲的成功，她個人的功勞並不大，因此決定把這次的利益所得捐贈出去。

完成了今天的直播，堇青沒有立即離開星網，而是在星網閒逛起來。

畢竟她還是第一次穿越到這麼高科技的世界呢！

即使有原主的記憶，可終究不是自己親身經歷，堇青對於這個世界的一切都感到很新奇，尤其像星網這種全息的虛擬世界，她迫不及待地想要體驗一下。

堇青先把臉上的面具、髮型，與身上的衣服全都換過，這些東西是星網內建的，因此面具不存在掉落與被人掀開的危險。

換過外型，再把ＩＤ隱藏起來，把馬甲捂得妥妥以後，堇青便興致勃勃地逛起了星網。

堇青既不是到其他直播間看別人的直播來吸取經驗，也不是像別的女生那樣熱衷於買買買，而是去玩虛擬的全息遊戲！

堇青還在世的時候，地球的全息遊戲才剛起步，遠遠做不到親臨其境的眞實。難得來到一個全息影象已發展得這麼完善的世界，自然要好好體驗一番了。

堇青選了一個近期很火熱的魔幻遊戲。星網得實名登記，但遊戲中卻能隨心所欲地創建自己的角色。在角色選項中，堇青很乾脆地選了自己最爲熟悉的祭司職業。至於外貌，也沿用了她當大祭司那一世的容貌。

堇青進入遊戲只是想見識一番，並沒有打算把太多時間花費在遊戲上。因此進入後沒有接任務，只是到處閒逛。反正遊戲內景色漂亮，她當作觀光旅行也不錯。

然而她不想找麻煩，天意卻讓她路過一個打劫現場……

原本堇青不打算插手，只是當她看到被打劫的是兩個目測只有七、八歲左右的小孩子時，還是停下了腳步。

這兩個孩子有著相似的五官，一看便知道有血緣關係，很有可能是親兄弟。他們長得粉妝玉琢，長大以後絕對是美男子，妥妥的！

當然，堇青可不是因為兩個孩子的「美色」而停下。她之所以決定插手這事情，是因為二人「孩子」的身分。

雖然遊戲的角色可以讓玩家參與創造，只是建立以後便無法更改，因此成年人都不會選擇創建小孩子的角色。畢竟正太、蘿莉雖然很可愛，然而虛擬世界有著最眞實的感官，他們眞的成為了手短腳短的小孩子以後，便會覺得視角有些矮、跑得不夠快、甚至手太短搆不著武器……

也就是孩子受限於身材，戰鬥力不足，輸在起跑線，戰鬥時就只有被虐的份。因此一般人玩遊戲是不會把角色設定爲小孩子，只有眞正的孩子才會因爲不習慣成人的身體，而在遊戲中選擇孩子的外貌。

所以，這些人在勒索小孩子？而且還是兩個！那就有些過分了。要是這些人一對一與孩子決鬥，堇青也許還不會插手。可他們幾人圍堵兩個孩子，這就是赤裸裸的欺凌了。

成年人的心智已成熟，可孩子還處於未定型的階段，要是因爲這次的勒索而對他們造成心理陰影，便不好了。

於是堇青決定管管這件事情，她往這些人走過去：「你們在做什麼？別欺負小孩子。」

那幾個打劫孩子的青年看到走過來的堇青時，都被她美艷的容貌與高冷氣質驚艷到。如果是在現實世界看到如此絕色，他們爲了討好美人說不定就放過孩子了。

然而在遊戲世界中，俊男美女可不少，反正大家的臉都是捏出來的，角色的外型都不能作準。

雖然不計外貌，堇青的氣質也很出色，然而誰知道這人真實身分是男是女？說不定是個人妖玩家呢！

因此幾個青年雖一開始感到驚艷，但並未因對方是個美人而給予什麼好臉色，囂張地說道：「我們就是要欺負這兩個小鬼，看妳的角色只有Lv.1，是個新人吧，還是個沒有啥攻擊力的祭司，能夠奈我們何？識相就別多管閒事，不然我們連妳的裝備也一起劫了！」

堇青冷笑道：「欺負孩子，你們還有理了？我是祭司又怎樣，照樣能夠把你們揍得連你媽都認不出來！」

在遊戲中換了名字與容貌，別人認不出她的身分，堇青直接放飛了自我，把那些青年氣得牙癢癢：「妳一個新人，職業還是個祭司的說什麼大話？如果我們真的被妳打敗，到時候就反過來把我們裝備雙手奉上！」

堇青眨了眨眼睛，一臉滿意地笑道：「你們很識相嘛。」

「……」雖然明知眼前的少女是虛張聲勢，只是這些青年還是生出了一種被打臉還要給對方打臉費的感覺。

心裡既覺得鬱悶，又覺得不爽，他們不再與堇青廢話，打算以實力說話。

誰知道交手後他們才發現對方即使只是個新人，也分分鐘教他們做人！

他們這些資深玩家，竟然被一個新手奶媽給虐了！

也不對，是一個新手奶媽加兩個小孩子……這麼說起來好像更可悲了？

那些青年原本還很自信能夠完虐敵人。誰知道這個祭司戰鬥意識很強，而且她的力量加持都不是對著自家隊友，而是往他們這些敵人身上丟！

一開始，他們還以爲堇青的準頭差得離譜，正要出言諷刺，誰知道他們嘲笑的話還沒說出口，悲劇卻已發生！

初級祭司並沒有什麼攻擊技能，因此堇青丟過去的都是輔助魔法，偏偏她每次出手都恰到好處，挑準了要命的時機。

比如讓人加快速度的魔法。雖然這魔法沒有攻擊力，可堇青總能抓住對方加速的瞬間把魔法丟到他身上，每次都能成功把人摔倒。又或者抓準對方要出招的時候，迎面丟去一個閃光彈，閃瞎對方的狗眼之餘，有幾次還讓對方的攻擊失了準頭，直接招呼到自己隊友身上。

只是話說回來，堇青雖然戰鬥意識很強，出手又刁鑽，可是角色品級與職業終究處於弱勢，原本以爲要打敗這些青年還有得磨。

誰知道，她幫助的兩個小孩子竟也不是省油的燈。

堇青只是個剛進入遊戲、最低級的新人。這兩個孩子則相反，他們的等級比那幾個青年都要高，而且一身裝備更是華麗得讓人側目！

這也是這幾個青年會打劫他們的原因。要是這品級與裝備在一個成年人身上，這些人遇上必定會繞著走。偏偏有著這麼令人垂涎寶藏的是兩個小孩子，這不是教人去打劫他們嗎？

青年人多勢眾，兩個孩子卻不知道爲什麼落了單，並沒有成年人在他們身邊，他們便覺得小孩子拿著再銳利的刀也拚不過成年人，便決定對他們出手。

誰知道兩個孩子強得像鬼，加上有堇青這個祭司搗亂，他們受到了恐怖又絕望的碾壓！

把這些人壓在地上磨擦磨擦以後，堇青神清氣爽地把他們的裝備搶走——雖然之前敵人承諾戰敗後會把裝備雙手奉上，不過他們都被打得只剩下一口氣，動都動不了了，因此堇青很仁慈地沒有勞煩他們，乾脆自己動手。

青年們橫七豎八地躺在地上，腸子都悔青了。早知道就不應該貪心，現在打劫不成反被劫，幸好那些人沒有把事情做絕，還留下他們一條狗命……

帶著兩個孩子離開後，堇青便把獲得的裝備平分給兩個小孩。

直到這時，堇青才與兩個孩子互通了姓名，發現他們的遊戲ＩＤ分別是「陛下」與「小世子」，堇青笑道：「你們兄弟的名字是自己取的吧？取錯了喔！要是哥哥是『陛下』的話，那弟弟應該是『小王爺』才對。」

她覺得這兩個孩子真的太逗了，弟弟取錯了名字，結果硬生生小了哥哥一輩。

堇青其實並不特別喜歡小孩，只是這兩個孩子長得可愛，不會像別的熊孩子那樣大吵大鬧，甚至行事也很有分寸，讓人不得不喜歡。

陛下是個一臉老成的孩子，然而嚴肅的表情配在那張稚嫩的臉上，卻顯得怎麼看怎麼可愛。至於小世子則與陛下的性格截然不同，有著活潑卻又不至於太騰鬧的性格，是個元氣滿滿的開心果。

兩個孩子並沒有在意名字的事，反倒對於堇青把所有搜來的裝備都給了他們、自己不留絲毫的舉動耿耿於懷。

小世子問：「問號姊姊，那些裝備妳真的不要了嗎？」

某個在登入遊戲時懶得想角色名字，乾脆打了個「？」的傢伙——堇青豪邁地道：「不要了，都給你們吧！」

反正她幫忙的時候也不是想要回報，何況以這兩個孩子的戰鬥力，即使沒有她插手，他們也能把那幾個青年打得跪下來喊「爸爸」。

小世子還想說什麼，陛下卻已經肅起一張小臉道：「謝謝。」

孩子裝大人的模樣萌萌噠，堇青笑咪咪地伸手摸了摸他的頭：「不客氣。」

看到堇青的舉動，小世子瞪大了雙目。堇青看得好笑，伸手戳了戳小世子的額頭：「放心，你哥只是ＩＤ叫『陛下』，不是眞的國王陛下，摸他的頭我不會被殺頭的。」

面對堇青的揶揄，小世子只是抽著嘴角回了她幾聲乾笑：「呵呵，我想靜靜。別問我靜靜是誰。」

堇青覺得這孩子眞的太逗了，不過她還是比較喜歡一本正經的陛下，也許是因爲他那副正經八百的樣子太有意思了吧？

原本只打算來體驗一下這個世界的虛擬遊戲，結果卻打了一架，認識了兩個小朋友。

堇青與兩個孩子登記了好友後，便離開遊戲。結果一個前來拜訪的人，卻瞬間破壞了堇青的好心情。

第三章・樂譜被盜

當堇青中斷與星網的精神連接、回到現實世界後，便看到郭婉怡的拜訪申請。

想到在她穿越過來前，郭婉怡已經看過原主創作的那首樂曲的原譜，堇青便猜到這次對方過來只怕來者不善了。

心裡冷笑，擁有屋主權限的堇青用光腦把屋內設置成監視模式後，這才開門讓郭婉怡進來。

果然，郭婉怡進來後與堇青套了一會近乎，便藉故把人支開。確定堇青一時半刻不會回來後，便開始在練習室搜索起來。

郭婉怡是堇青父母的學生，從小便跟隨他們學習音樂，對於這個家裡的一切都很熟悉。身爲原主好友的她更是熟知原主的各種習慣，因此很快便找到了原主創作的樂譜。

原主一直有不小的藝術家脾氣，比如她不喜歡利用光腦創作，更喜歡把樂譜寫在紙張上。結果這便方便了郭婉怡抄襲，即使事情爆發後原主把自己寫的樂譜拿出來，卻無法證明她創作樂曲的時間先於對方。

郭婉怡迅速對著樂譜拍了幾張照片後，便把樂譜放回原位，隨即若無其事地與回到練習室的堇青閒聊了一會，言語間都在套堇青的話，看看她有沒有與別人談論過正在創作的事情，以及有沒有把樂曲在其他地方分享過。

不得不說郭婉怡是個很謹慎的人，雖然她知道原主朋友不多，亦知道對方在音樂上的小潔癖，在樂譜未完成前是不會把未完成品放上星網的。只是即使對原主再熟悉，還是會先確定一番情況再行動。

可惜現在她面對的已經不是心裡只有音樂、單純好騙的原主，而是「堇青」這隻聰明的狐狸了。

獲得了滿意的答案後，郭婉怡便不再在堇青身上浪費時間，告辭離開了。

堇青巴不得對方快些走，別留在她家裡礙眼。只是礙於人設，還是把這位與她關係很好的學姊挽留一番後，這才將人送離開。

待郭婉怡離開後，堇青查看了下光腦的監視系統。確定把對方翻看並拍攝她樂譜的舉動都清楚記錄下來以後，堇青便替樂譜拍了幾張清晰的照片，連同這段監視片段一起放到了星網備份。

堇青要讓郭婉怡得到應得的懲罰，並不打算搶在對方之前發表樂曲，因此將備份設置爲只有她個人可以看到。

所有放到星網的東西，都會清楚記錄著上載與每次更改的時間。現在堇青挖了一個大坑等著郭婉怡跳下去，要是她把原主的樂曲據爲己有，那麼事情便好玩了。

「青青，妳太壞了啦！」團子笑道。

堇青道：「原主這麼認真、這麼努力的人所創作的樂曲，不應該被郭婉怡這種人玷污。」

這個遲來的公道，就讓我爲原主討回來吧！

▲▲▲

此時的郭婉怡還不知道堇青早已做好對付她的準備，回到家後立即興高采烈地看起偷拍的樂譜照片。原主樂曲已完成了大半，光從完成的部分來看，郭婉怡已能看出這首曲子真的非常不錯。

與精神力只有D、被音樂學院拒於門外的原主不同，精神力A的郭婉怡不只順利入學，還獲得了代表新生在開學典禮上演奏的資格。

郭婉怡野心勃勃，一直想著要在典禮上一鳴驚人。她的演奏雖然不錯，卻做不到讓人驚艷的效果。因此她便另闢蹊徑，要是能演奏一首打動人心的原創樂曲，絕對能夠大出風頭。

「小青，妳別怪我……反正妳精神力只有D，在音樂界沒什麼前途可言了。難得有這麼好的曲子，留在妳手上不是糟蹋了嗎，還不如落到我這裡，幫妳把它發揚光大。」

郭婉怡彷彿想要說服自己般地喃喃自語，她愈想便愈覺得樂曲在堇青手上也是浪費。身為一個音樂家，郭婉怡不能眼睜睜看著傑作蒙塵。因此她盜取樂曲也只是無奈之舉，反而是一件好事才對。

這麼想著，她便心安理得地把樂曲當作是自己的創作，甚至認爲自己是在做好事，並開始以自己的理解來補完未完成的部分。

可惜她盜取到樂譜後太興奮，進入房間忘了關門，正好她的兄長郭松永有事情找她，一眼便注意到光腦螢幕上那偷拍的樂譜。

郭松永知道自家妹妹沒有把樂曲記錄到紙張的習慣，有這種習慣的人是堇青。再加上身爲堇青的追求著，他一直關注著對方，也曾經從妹妹口中聽說過對方正在創作一首曲子，因此郭松永立即猜到這份樂譜的創作者應該是堇青才對。

不過他也沒有多想，只以爲是堇青把樂譜借給妹妹看。直至見到妹妹發現自己在身後，立即手忙腳亂地關掉螢幕的心虛模樣，郭松永這才生出了疑心。

「婉怡，妳在抄襲小青的樂曲？」郭松永皺起了眉問道。

郭婉怡知道瞞不過從小到大都是這麼聰明優秀的兄長，於是也不掙扎了，直接承認下來：「嗯，樂譜是我趁小青不注意時偷拍下來的。」

郭松永其實並不認爲剽竊別人的成果有什麼問題，他的公司之所以發展得這麼迅速，其中也涉及一些見不得光的手段。

對他來說，過程不重要，只要能達成目的便好。

只是這份樂譜的創作者是堇青，是他喜歡的人，那他便不得不管了。郭松永可不希望妹妹的做法，增加他追求堇青的難度。

郭松永道：「把樂譜刪掉。」

郭婉怡不甘心就這麼把到手的樂譜刪掉，她素來看不起對方，只是爲了討好堇家父母才與堇青做朋友。即使正覬覦著對方創作的樂曲，她也不會看高對方一眼。她覺得堇青只是走了狗屎運、一時才藝大爆發，才偶有佳作而已。

然而郭婉怡不得不承認，堇青創作的這首曲子眞的非常不錯。她很喜歡，喜歡得捨不得放手。

她上前搖了搖郭松永的手臂，撒嬌道：「別啊！哥，這樂譜我好不容易才取到手的。何況你不是正在追求小青嗎？我剽竊了她的樂譜，反而能夠讓你有機會把人追到手呢！」

這番話勾起了郭松永的興趣，郭婉怡見兄長心動了，立即遊說道：「老師他們意外過世，小青在世上難免感到孤單。再加上因爲精神力不高，小青無法進入正統音樂學院，現在她把所有希望都放在這首樂曲上。要是我把樂曲據爲己有再反告她抄襲，讓她在星網混不下去，你說她會不會很絕望？到時候哥你做出一副所有人都不相信她、只有你信任她的模樣，你說小青感不感動？」

郭松永可不是這麼容易就被忽悠的：「只怕到時候連我也被小青遷怒上，更加沒有機會了吧？」

郭婉怡笑道：「放心，我已經想好了。到時候我就把小青『抄襲』我樂譜的事情鬧大，然後找個機會在星網爆出她的身分，引導輿論攻擊小青的父母。我了解小青的性格，她最重感情，而且非常敬愛她的父母。也許只有她一個被攻擊還能夠撐著，但若賠上她父母的名聲，小青是無論如何也無法承受的。到時候哥你裝無辜一點，就說我剽竊她曲譜這事情你毫不知情，向她保證會好好教訓我，並且幫她父母正名一番，還不把人手到擒來？頂多你把人追到手以後，我到別的地方深造幾年，到時候，你告訴她已經把我流放到外國去就好了。」

郭婉怡這番話可說是非常狠毒了，不只計算堇青，還要壞堇家父母的名聲。要知道堇家父母在生時，一直很疼愛她，把她這個學生視爲己出。如果兩人泉下有知，在他們死後對方竟如此欺凌他們的獨生女，不知道會不會後悔教出這麼一個白眼狼了……

郭松永倒是滿贊同自家妹妹的話。他是喜歡堇青沒錯，然而他性格霸道獨裁，從沒將對方放在與自己平等的位置上，一開始便已把她視爲自己的所有物。

他一直覺得自己看得上堇青，那是對方幾生修來的福分。爲了把人得到手，郭松永不介意過程中會傷害到對方。

甚至在他心目中，堇青能夠獲得他的喜歡，還是賺到了呢！

而且不只郭松永，郭家的其他人都是這麼想的。他們覺得郭松永能夠看上堇青絕對是她佔了大便宜，結果堇青竟然拒絕郭松永的追求，還眞是不知好歹。他們甚至覺得堇青的拒絕不是眞心的，說不定只是在欲擒故縱呢！

此時堇青從團子口中得知郭家兄妹愉快地結成了同盟，對此並無絲毫意外。這兩兄妹根本就不把原主放在眼裡，大概在他們眼中，她對上了他們，不可能會有半分還擊之力，構不成任何威脅。

堇青也不理會他們到底怎麼看待自己，冷眼任由事態發展。

郭婉怡偷走的樂譜還未完成，她需要一些時間將樂曲完善。至於郭松永，原主剛剛才拒絕他的追求不久，以這人自視甚高的心態，近期不會死纏爛打地出現在堇青面前，因此她便有了一些不受郭氏兄妹打擾的時間。

堇青在這段時間並沒有閒著，先是利用了原主的記憶將那首未完成的樂曲補完，並且演奏了一個完美的版本後放上星網存檔。

與那些樂稿一樣，堇青沒有公開樂曲，就等著郭婉怡自己作死地把剽竊的曲子演奏出來後，才用這份存檔當證據。

每天的直播她也沒有落下，堇青在每次直播中都會演奏一首異世界的曲子。這些歌曲風格包羅萬象，而且每一首的素質都高得令人驚歎。再加上堇青繼承了原主高超的演奏技巧，以及她身爲演員優越的情感表達能力，都讓樂曲特別具感染力。

很快地，青青草這個播主紅了起來，她的直播間人數更是直線上升，其中還不乏音樂界中有名的音樂家。

正所謂外行人看熱鬧，內行人看門道，一般聽眾只覺得堇青的音樂很動聽，特別容易引起他們的共鳴。

然而內行人卻發現堇青的音樂難能可貴。音樂家的精神力之所以這麼重要，是因把精神力加持到演奏中更容易感染到聽眾。只有打動人心，才能與對方的精神力同步，達到舒緩精神的效果。

可是……既然選擇成爲網紅，青青草的精神力理應不高，但其演奏的音樂對聽眾的舒緩效果卻堪比高階精神力者？

難道這位青青草，其實是哪個音樂大師閒來無事創建的小號？

但也不對啊！雖然戴著面具，不過青青草一看便知道很年輕，無論是她的外觀還是談吐，都與已出名的青年才俊對不上號。而且青青草每天直播從未缺席，要知道音樂大師都很忙的，誰會閒得這麼勤奮上星網啊！

雖然心裡感到疑惑，但這些音樂家一開始只想靜觀其變，在星網默默關注著這位網紅，並沒有主動聯絡她的打算。

結果，堇青卻做出了一個令他們始料未及的驚人之舉！

她竟然把那些近期演奏過的樂譜在星網上公開，並表示這些樂譜大家可以隨意拿來演奏，只要演奏的時候有列出創作者的名字就好。

音樂家們頓時炸了！

堇青倒不覺得自己這麼做有多偉大，這些樂譜在它們所屬的原世界本就是公開給任何人演奏的樂曲，堇青從一開始便不打算獨佔它們。

公開樂譜以前，堇青還用作曲者的名字登記了版權，以免被人強佔過去。

眾音樂家感激欣喜於堇青作爲的同時，也想藉著她去聯絡這些樂曲的創作者。然而她都以這些人已經去世的原因推搪掉了。

以演奏音樂來拉動網上的流量只是堇青的第一步，她並不打算止步於此。堇青心裡有著一個顛覆世界固有思想的計畫，她想為原主出一口氣，亦想幫助那些與原主一樣精神力不高的人。

經過這段時間的直播，堇青已經確定自己的猜想是正確的。這個世界的音樂家利用音樂來舒緩人們的精神，降低人們精神力異常的問題。然而其實好的音樂無論用不用精神力加持，本就有舒緩情緒、平靜心境的功效，只是利用精神力能達到更好的效果而已。

堇青利用繼承自原主的演奏技巧，再加上她擅長渲染情感，讓樂曲動聽之餘還特別有感染力，效果並不遜色於精神力的加持。

無論是加持了強大精神力的音樂，還是特別動聽美妙的音樂，目的都是要舒緩聽眾的情緒。雖然是兩條不同方向的路，終究是殊途同歸。

確認了這猜測後，堇青不由得再次為原主感到惋惜。如果原主沒有去世，雖然她在表達情感方面不如自己，但只要她的第一首原創樂曲能夠現世，必能引起別人的關注。到時候繼續深造她的音樂之路，未嘗不能以自己擅長之處來填補精神力的不足。

菫青接收了原主的記憶以後，便決定要完成她所未能達成的成就，甚至做得更好。

這個世界雖然沒有魔法元素，但人們卻有著卓越的精神力。菫青把魔力運行的方法套用在精神力的運用上，雖然達不到使用魔力時的效果，但竟然比現在人們運用精神力的方法更爲流暢！

這讓菫青不得不懷疑，也許這裡人們運用精神力的方法錯了，不然又怎會生出精神力異常這種問題？

要是菫青的猜想正確，能夠摸索出新的精神力運用方法，說不定她不僅能舒緩精神力異常，甚至能治療精神力變異的患者！

這可是造福世界的大事，菫青想想都有點小激動呢！

可憐團子還以爲菫青只是想著要快些出名，好對付郭家兄妹時更有底氣。卻不知道自家搭檔暗磋磋想著要搞大事情了……

除了直播，以及平常練習演奏、研究音樂與精神力的運用外，堇青每天都會抽出一些時間到星網去玩遊戲——是的，就是之前她進入的那個虛擬遊戲。

只是堇青玩遊戲的方式實在佛系得很，她從不主動打怪，進入遊戲只是觀光擼小孩……

自從在遊戲裡與陛下和小世子當了朋友，堇青每次進入遊戲都與他們一起玩。這兩個孩子意外地與堇青投緣，家裡把孩子教養得很好，他們不像一般小孩那麼熊，長得又可愛，堇青很快便喜歡上這兩個新結交的小友。

在這個世界中，星網就像是另一個眞實世界，因此家長一般都會與孩子一起進入星網。但也許因爲這兩個孩子擁有高強的智商與戰鬥力，因此他們的家人很放心任由他們自己進星網玩。每次堇青進入遊戲，他們二人都沒有成年人陪伴在身邊。

一個祭司帶著兩個小孩子，這種組合怎樣看怎樣好欺負。何況兩個孩子一身裝備價值不菲，自然惹來不少心懷不軌的人覬覦。

雖然堇青硬生生把一個打怪遊戲玩成了觀光之旅，兩個孩子似乎也對打打殺殺沒什麼興趣，然而三人都不怕惹事，當有人主動冒犯他們，這佛系三人組便瞬間化身修羅，讓這些小看祭司與小孩的人知道花兒爲什麼這樣紅！

也許因爲三隻小白兔吊打豺狼的場面實在太過凶殘，再加上三人陣營的角色外貌過於顛覆人們的認知，幾次下來，堇青他們在遊戲中竟然還變得小有名氣。

小世子活潑可愛，相較於嚴肅著一張臉的陛下，他更符合這個年齡的小孩子應有的活力。只是這個看起來天眞無邪的小傢伙其實機靈得很，對待敵人時更是滿肚子壞水，小小年紀已能看出他非凡的手段。

至於陛下則不愧爲陛下，小世子手段再高明，在他面前卻乖巧得很，可以看出小世子對陛下是發自內心的尊敬。

陛下氣場很強，甚至在這個團體中，處於領導位置的人不是身爲成年人的堇青，而是陛下這個小孩子。雖然平時不顯，可遇敵時他都會下意識讓自己成爲領導與保護者的角色，堇青甚至猜測，這孩子平常是不是一個慣於做決策的人。

這兩個孩子一個比一個妖孽，堇青真的很想結織一下他們的父母，看看到底是怎樣的家庭能夠教出這麼變態的孩子來。

堇青進入遊戲就只是想要放鬆一下，從未想過誰壓制著誰的問題。小孩子想要當首領，她也不想打擊他的積極性。只要陛下不犯錯，那堇青就任由他指揮了。

然而看戲不嫌事大的團子，卻老是慫恿堇青謀朝篡位：「青青，別慫！懟死他！」

「……我沒慫。」堇青就不明白團子明明是修真界的產物，不是說不食人間煙火嗎，怎麼氣性總是這麼大的？

一言不合就懟死人家，這孩子最近又在看什麼古怪的小說嗎？龍傲天之類？

團子卻不相信堇青的話：「別騙我了。妳對這孩子就是慫！」

「……你別說，還眞有點……你難道不覺得陛下那孩子肅起一張臉的時候，有些像『他』嗎？」堇青道。

「呃、青青妳……妳懷疑那個小鬼是……」團子目瞪口呆。

不過經菫青這麼一說，團子也覺得這孩子無論性格還是嚴肅起一張臉的神情，都特別像陸世勳！

菫青也感到很疑惑，她的確從陛下身上感受到一種似曾相識的感覺，這也是爲什麼她每天都會進遊戲與兩個孩子混在一起的原因。與他們投緣固然是一個理由，更多的是想要就近觀察對方。

愈是了解，菫青便愈是覺得陛下與戀人很相像。

只是，對方卻是個只有八歲的孩子……

團子震驚過後，突然抽風似地大笑起來：「哈哈哈！青青妳這一世可以玩養成了耶！」

菫青惱羞成怒：「閉嘴！」

雖說眞愛不在乎年紀，但雙方的年紀也差太遠了吧!?

而且以這孩子的年齡，對他下手絕對是犯罪呀！

當然，現在說什麼都是空的，在此以前堇青要先確定陛下眞的是她的戀人。只是虛擬世界再眞實也不是眞的，這讓堇青認人的難度大大提升。

堇青想著，先與他們在遊戲世界好好混熟，然後得找個機會與他們在現實世界裡見面才行！

第四章・土豪粉

想到便行動，堇青覺得要拉近與網友的關係，第一步就是主動向兩個孩子告知自己的真實身分。不然在虛擬世界相處得多好都是虛的，只有在現實中真正相處過才是真的交情。

然而這有個問題，一開始她只是想體驗一下虛擬遊戲，沒想過會繼續玩下去，因此便在遊戲中完全放飛了自我。即使與兩個孩子當了朋友，堇青也覺得雙方只是萍水相逢，從沒想過會向他們坦白身分，因此在遊戲中暴露了本性，不少地方與原主淡雅的性格背道而馳……

現在告訴他們自己是最近很紅的網紅青青草，要是這兩個孩子看過直播後，該不會以為自己精神分裂了吧？

只是她既然懷疑陛下是戀人，那麼怎樣也要與他在現實見過面才能確認。要面基的話，對方總會知道她的身分。

除非堇青不打算在現實中與他們見面，不然她的身分也瞞不了多久。倒不如由她親口告知，至少這樣能拉回些許好感度。

她還在地球的時候便知道，人們在網路上展現的性格與現實中不符的例子比比皆是，例如平常很沉默的人，在網路上卻很活躍。又或者看起來溫厚的人，在網路中卻是說話尖酸刻薄的鍵盤戰士……

畢竟是隱藏了身分的虛擬世界嘛，放飛自我也很正常。她目前這樣的狀況也不算太精分……吧？

於是堇青便在一次閒聊中向孩子們提起自己的眞實姓名，連網紅青青草的身分也沒有保留。說罷，更開玩笑地向他們道：「我每天晚上都有直播，你們有空的話，記得來支持我喔！」

雖然堇青現在頗有名氣，但都只是在音樂界的事情。兩個孩子沒有聽音樂的習慣，並未聽過「青青草」的大名。

因此，聽到堇青的推介時，兩人都誤以爲她是個普通網紅，甚至直播間的聽眾不多，因此才會向兩個小孩子推薦來拉流量……

小世子立即拍著心口表示對隊友的支持：「放心吧！問號姊姊，我今晚便上網支持妳！」

說罷，這孩子看了陛下一眼，小聲補充：「我會把功課都做好才上網的。」

顯然在現實中，陛下是負責監督小世子做功課的人。聽到小世子這麼說，陛下睥睨了他一眼沒有說話。

見陛下默許，小世子高興地嘿嘿嘿，自個兒傻樂起來。

堇青看到陛下把小世子管得死死的模樣，不由得莞爾。此時陛下卻把目光投放到她身上，允諾：「晚上的直播，我也會看的。」

男孩神情肅穆，就像在允諾著很重要的承諾似的。

陛下這副神情讓堇青瞬間恍然，實在太像她的戀人了！

只是這神態放在一個小男孩身上，卻讓人覺得很老成，有著一種意外的萌感，顯得非常可愛。

堇青笑道：「謝謝你們的支持！那今天晚上的直播我可要好好準備了。」

堇青遊戲中設定的角色外型美艷動人，而且還渾身散發著高冷的氣息。然而此刻她笑起來眉目彎彎的，發自內心高興的神情讓她整個人柔和了起來。

陛下覺得眼前的少女彷彿像發光一般，耀眼無比。

終於知道妳的名字了。

原來妳叫……堇青嗎？

不知道眞實的妳，笑起來又是什麼模樣？

▲▲▲

就在堇青與兩個孩子於遊戲中培養感情之際，也來到了音樂學院開學的日子。

堇青所在的世界也是「地球」，然而與地球不同的是，這裡所有國家已經融合統一，再也沒有國界之分。這個世界只有一座正統的音樂學院，由此可見，這所學院的門檻到底有多高。

學院裡的所有學生至少要擁有A級精神力，甚至不少精神力達至S級。而精神力A級的郭婉怡之所以能夠在眾多新生當中脫穎而出，與她師承堇青父母的高超演奏技巧不無關係。

如果說郭婉怡那A級的精神力讓她擁有當音樂家的入場券，那麼堇青父母多年來教給她的技巧，以及留下來的人脈，才是她能否成爲音樂家的關鍵。

無論郭婉怡心裡怎樣想，在外人面前她一定要表現出對堇家父母的敬重，不然只怕會被音樂界唾棄。

因此她上台演奏前，還特意多謝已過世的兩人，說完以後看了坐在前排的教師們一眼，果見他們眼中滿是對自己尊師重道的欣賞。

郭婉怡利用從堇青那裡剽竊來的樂曲，在音樂學院開學典禮大放異彩一事，團子立即告知了堇青：「青青，郭婉怡動手了！」

堇青勾起了嘴角，向兩名孩子告別：「我有些事情，今天要早些下線了。」

雖然堇青笑著道別的模樣與平常沒有什麼分別，可陛下還是敏銳地察覺到她有些異樣，詢問：「是有什麼事情嗎？需不需要我幫忙？」

堇青聞言愣了愣，隨即笑道：「我要早些離開也不是因為什麼大事情啦，只是想到今晚有兩個小可愛要來聽我的演奏，便想早些回去好好準備一番，敬請期待囉！」

堇青今天要直播演奏的樂曲不是別的，正是被郭婉怡剽竊的那首原主所創作的樂曲。

她等著對方將樂曲面世這刻等得很久了。堇青不算是有很強正義感的人，至少相較於上一個世界的堇嵐，她完全做不到犧牲自己來救陌生人這種選擇。

然而基本的是非觀與正義感堇青還是有的，像郭婉怡這種人，堇青絕不會讓她逍遙法外。

原主之所以被郭婉怡害得這麼慘，並不是對方的手段有多厲害，只是原主實在太容易被人設計而已。原主是朵溫室的花苗，不懂保護自己，亦對郭婉怡沒有絲毫防備，才會讓對方輕易計算。

其實堇青根本不用等這麼久，她有得是其他方法對付郭婉怡。只是想了想，覺得像對方這種人，最能讓她感到痛苦的，便是失去自己最在乎的地位與名聲。

再加上最爽的打臉，便是以其人之道還治其人之身，讓對方吞下自己釀成的苦果。以這種做法對付郭婉怡，相信原主也會感到高興的吧？

原主創作的是一首很溫柔的樂曲，郭婉怡認為這是首對愛情充滿憧憬與愛慕的曲子，在補完這首未完成樂曲的時候，也是往這個方向去創作。

然而這其實是一首原主用來紀念逝去父母、歌頌父母的愛之樂曲。

郭婉怡版本的曲子的確也很動聽，然而無論是意境還是曲子裡的含義都及不上原主的創作。如果不是因為她搶先發表，加上原主又沒有辦法證明自己的清白，她完成的樂曲絕對比不上原主所創作的完全版本。

「這一次郭婉怡還是用小提琴演奏嗎？」堇青問。

負責監視郭家兄妹的團子道：「嗯，是用小提琴沒錯。」

堇青冷冷一笑，她已經確定了今晚直播所要用的樂器了。

▲▲▲

在安家，晚飯後安橋興高采烈地向父母表示：「我已經把功課做好了，小叔說只要做好功課，便可以去看問號姊姊的表演。」

如果堇青在這裡，她一定立即便能認出這個一臉機靈的小男孩，正是遊戲中的「小世子」。

雖然現在安橋已經知道堇青眞正的名字，可他還是習慣喚對方「問號姊姊」。在這孩子的心目中，堇青取的這個角色名還滿有意思、超帥的。

喬望雪笑道：「小喬眞的很喜歡那個小姊姊呢！」

安橋抗議：「別叫我小喬，那是女生的名字！」

說到安橋的名字，背後可是有一段故事。

當年懷著孩子的喬望雪，經過一座吊橋時不小心摔倒，結果便在橋上早產了，幸好最後有驚無險，母子平安。

安子仁心疼妻子的辛苦，便把孩子的名字取爲「橋」，希望孩子能夠記著母親經歷生死才把他生下來。再加上「橋」字與喬望雪的姓氏同音，也有著把妻子的姓氏加進孩子名字裡的意思。

結果「小喬」便成了安橋的小名，從小被喊著這個小名的安橋原本不覺得什麼，直至有天被同學取笑他取了大美人的名字後，安橋立即惡補了一遍《三國演義》……從此便對這個小名深痛惡絕了！

安子仁與喬望雪是很開明的家長，孩子不喜歡，他們便不會因爲自己是成年人而我行我素，而是會關注孩子的感覺，尊重他們的決定。

何況他們也不希望兒子因爲自己的名字被人取笑，基本上，單是「安橋」二字不會被人聯想到那位周瑜的老婆，因此在外人面前便沒再叫孩子的小名了，只有在家裡才會使用。

見安橋眞的有些不高興，喬望雪哄道：「小喬這小名我們都叫習慣了，媽媽保證這小名我們只在家裡喚，不在外面這麼叫好不好？」

安子仁挑了挑眉，問：「還是你想我們喚你『寶寶』？」

聽到「寶寶」二字，安橋一陣惡寒，立即表示私下可以叫他「小喬」。他都七歲了，絕不要叫什麼「寶寶」！

喬望雪覺得兒子真的太可愛了，逗弄了孩子一會，隨即她好心提醒：「小喬你不是要看直播嗎？」

安橋看了看時間，發現差不多了，便風風火火地跑進房間。

結果這孩子才離開了沒多久，很快又折返回來，並人小鬼大地跟父母說：「我很喜歡問號姊姊沒錯，不過我偷偷告訴你們喔，我覺得小叔也很喜歡問號姊姊，想讓她當自己的女朋友的那種喜歡呢！」

說罷，安橋拋下了這個爆炸性的消息後便轉身離開，毫不理會自家父母被他這個消息炸懵了！

什麼？喜歡？

你眞的在說安子晉那個工作狂嗎？不是別人？

工作狂的春天要到了!?

此刻在安家成爲話題中心的安子晉還在公司加班，倒是滿符合家人對他「工作狂」的評價。

安子晉出身於富可敵國的安家，理論上，即使他什麼也不做，安家的錢也足夠他揮霍過十輩子。然而安子晉卻是個工作狂，每天早早到公司，晚上總是加班到深夜才離去。

要不是家中兩老擔心他過勞猝死，嚴令他每天一定要回家睡覺，只怕他會完美地貫徹「公司是我家」的精神——乾脆住在公司裡了！

因此每當有人向安家兩老稱讚兩個兒子都很出色時，他們都是有苦說不出。

他們寧可安子晉當個揮霍無度的紈褲子弟，也不想經常活在小兒子在辦公時猝死的恐懼中！

身爲安子晉的兄長，安子仁對於弟弟的工作狂屬性也有些看不過去了。於是他與喬望雪商量過後，便以沒時間照顧兒子爲由，要求安子晉每天下午幫忙接兒子放學，順道照顧這孩子一段時間，比如陪他上星網玩玩遊戲，監督他做功課之類。

當然安子仁與喬望雪不是真的沒有時間照顧兒子，而是他們想讓安子晉休息一下，怕他這樣下去真的有天會過勞死呀！

於是便有了「陛下」與「小世子」這兩個玩家的存在。設定遊戲角色時，安子晉之所以把角色年齡調小，也是順應自家姪子想要在遊戲中有「同齡玩伴」的要求。

反正這款遊戲是由安家的公司所開發的，雖然使用小孩子的身體有些不便，可安子晉卻把角色的各種素質調高，又包攬了不少稀有道具，絕不怕自己護不住姪子，會有不長眼的人把小姪子欺負去了。

此時光腦傳來一陣提示聲，安子晉打斷了祕書的匯報：「我有些事情要辦，今天暫到這裡吧。」

祕書聞言有些訝異。以老闆工作狂的性格，每天至少過十點才下班，今天這麼早放他離開，他還有些不習慣呢！

難道發生了什麼天大的事情嗎？

祕書覺得自己已經加班加得有些M體質了，能夠下班竟然還膽戰心驚的……

待腦中一直思索著有什麼大事令老闆把工作丟下的祕書離開後，安子晉戴上了星網頭盔……上網看直播去。

堇青一如以往準時進入直播間，這一次她才與眾人打了聲招呼，便見直播間煙火璀燦。

堇青見狀，不由得愣住了，隨著她愈來愈紅，收到的打賞也變得多了起來。這種代表禮物的煙火堇青收過不少，對她來說已經不是什麼新鮮的事情。

只是這次她才剛出現，說了一句「大家好」，連演奏也還沒開始呢，對方便開始砸禮物了……

到底是哪個土豪錢太多，上星網買禮物煙火來砸著玩嗎？

當煙火特效結束、菫青終於看清楚送禮物的人的名字時，頓時勾起一個無奈的笑容：「小世子，你上星網亂花錢，王爺與王妃知道嗎？」

其他聽眾聽得一頭霧水，便見一言不發直接砸禮物的土豪說話了！

【是爸爸媽媽讓我送的禮物喔！他們說第一次看姊姊直播，要好好支持一下。】

眾人聞言一臉懵逼。

直播間的留言以文字來表達，因此眾人聽不到土豪的聲音。可看這說話的語氣，竟然是個小孩子!?

剛開始直播便瘋狂刷了一波煙火的人，正是安橋小世子。他星網的ＩＤ也是顯示「小世子」這個名字，因此菫青一眼便認出來了。

聽到小世子的話，知道他不是背著父母亂來，菫青這才鬆了口氣。不過她還是覺得這孩子太浪費錢了，忍不住教育一番：「你來看我的直播，已經是對我最好的支持了。要是真的喜歡，看完直播後也可以在能力範圍內送些禮物來表達。可是連演奏都沒有看便打賞，那純粹是浪費金錢的做法。這樣是不對的，知道嗎？」

雖然被董青教育，然而安橋卻沒有絲毫不滿，反而有些高興。

作爲安家人，安橋從小身邊便有不少形形色色的人懷著心思想要接近他。這些人都想從他身上獲得東西，董青卻反倒把他主動送出去的利益往外推，這感覺對他來說實在非常新鮮。

雖然安橋沒有告訴董青自己的眞實身分，然而看到他打賞這麼多禮物，董青定然知道他家非富即貴。然而對方並沒有因爲他是不懂事的小孩子，而哄著他再送禮物，又或者對此事不發一語地默許下來。反而語重心長地教育他，顯是眞心實意地希望他好。

從小父母便告訴安橋，要是有人眞心相待，一定要好好珍惜這份難得的情誼。

現在安橋完全把董青當作自己人了。要是董青詢問他的身分，這孩子會直接告訴對方他是安家人的那種自己人！

董青並不知道安橋心裡正在感動著，擔心自己說教太多反而引起小孩的叛逆心理，因此只是說了他兩句便作罷。她知道小世子是個懂事的孩子，只要提醒一下，便會把事情放在心上。

何況還有陛下在呢！

那孩子老成持重，總不會讓他弟吃虧吧？

還不知道安子晉的眞實身分，把對方誤認爲小孩子的堇青如是想著。

想到陛下，堇青便問：「陛下也在嗎？」

很快，便看到名爲「陛下」的熟悉ＩＤ留言：「在。」

堇青設定主播名字時，系統限定至少要三個字才能登記成功，然而一般星網用戶更改顯示名稱倒是沒有這麼多喪心病狂的限制。因此「陛下」還是「陛下」，堇青一眼便認出來了。

堇青高興地與孩子們打過招呼，也沒有忘記其他在直播間的聽眾，把自己與孩子的關係簡單告知了一下。

【我還想一個叫「陛下」，一個叫「小世子」，到底是什麼人會取這種名字，

原來是小孩子呀！】

【哪家的皇親國戚這麼屌，原來是小青草家的（笑cry）】

【哪家的土豪這麼炫，原來是小青草家的（笑cry）】

【哪家的孩子這麼可愛，原來是小青草家的（笑cry）】

【哪家的……抱歉我詞窮了，破壞隊型是我的錯。】

【XDDDD】

【看到樓上這句我笑了。】

【難道重點不是青青草有在玩遊戲嗎？是哪個遊戲？我也很喜歡玩網路遊戲，說不定我們有遇上過。】

【小草好暖呀！會叫小弟弟別亂花錢。】

【小世子也很有趣呢，一言不發便拿禮物來砸小青草。】

【想像小青草懵逼的表情。】

【我當時還想著是哪個神經病，演奏還沒開始便炸了直播間。】

【哈哈哈！我還想大喊這麼土豪我要嫁！誰知道土豪是個小正太。】

一開始安子晉與安橋得知堇青經營的是音樂演奏的直播後，還以為直播間會是斯文沉靜、高端大氣上檔次的風格。誰知道堇青的粉絲中有這麼多逗比，讓直播間充斥著歡快的氣氛。

雖然有些意外，可不得不說這種輕鬆愉快的氣氛，可比端著架子聽音樂歡樂多了！

而且堇青也不是他們所以為的小網紅，直播間的粉絲人數一點兒也不少呢！

第五章・誰是抄襲者？

菫青與粉絲們互動一番後，便開始了這天的演奏。

由於這段時間菫青大部分的直播都是以演奏異世界的樂曲為主，因此聽到又是一首陌生的音樂時，直播間的觀眾都提起了精神凝神聆聽，並未有太多的意外。

這是首很溫柔的樂曲，菫青選擇以小提琴來呈現這首動聽的音樂。

小提琴的聲音悠然而溫柔，然而卻又彷彿帶著說不出的哀愁。一曲結束後，不少粉絲這才驚覺自己不知什麼時候已經淚流滿面！

從樂曲所帶來的哀傷回到現實後，眾人忍不住露出震驚的神情。

雖然「青青草」的演奏一直有著很強大的感染力，可這還是第一次讓眾人如此被一首樂曲所感動。

這首曲子既令人感到溫暖窩心，卻又感到悲傷難過。偏偏一個理應精神力不高的網紅卻能把這麼深層次的感情藉由音樂傳遞給大家，這是怎樣強大的天賦與才能！

【小青草，我這問題也許有些不恰當，如果妳不想回答的話可以不用回。但我

真的很好奇，妳的精神力到底是什麼等級？】

終於，一名網友忍不住問了一個大家都很想知道的問題。

除非是入學或者求職考核之類的情況，不然人們一般不會詢問別人的精神力等級。

畢竟這麼問有點無禮，就像詢問「你的智商有多少」般莫名其妙。一個弄得不好，別人還以爲你在嘲諷他呢！

【樓上問出了我一直的疑問！！！】

【想知道+1】

【我也想知道小姊姊的精神等級。】

【這麼問不太好吧……】

【小青草別有壓力，大家也只是好奇而已，妳不想說也沒關係。】

堇青完全沒有任何生氣的意思，她笑道：「沒關係，這又不是什麼不可告人的事情，我的精神力是D級。」

得知堇青的精神力，直播間出現了短暫的沉靜。

要是精神力等級夠高，憑堇青高超的演奏技巧，現在只怕不是在音樂學院修讀，便已經是個出入高級場所演奏的音樂家了，絕不會去當什麼網紅。

因此聽到堇青的精神力只有D，眾人既覺得理所當然，卻又覺得意外。

【青青草，妳好，我是音樂協會的席明德。我非常欣賞妳的音樂，D級精神力卻能賦予樂曲這麼高的感染力，這是非常了不起的事情。特別是剛剛那首不知名的樂曲，即使是S級的音樂家，演奏出來的效果也未必如妳這般出色。在此我冒昧請教，請問妳是怎樣辦到的？】

音樂協會是一個由音樂家組成的官方組織，負責處理音樂相關事務。身爲音樂協會會長的席明德，可以說是所有音樂家的老大，同時他也是一位偉大的音樂家。

看到席明德突然冒頭，那些一直隱藏在直播間的音樂家也不再默不作聲了，紛紛向堇青請教起來。

其他只是上來聽音樂放鬆心情的網友都驚呆了！

原來直播間的觀眾中臥虎藏龍，藏著這麼多大手的嗎!?

驚訝過後，眾人又高興起來。看到這麼多音樂大師向自己喜歡的網紅討教，身為粉絲的他們都與有榮焉。

堇青也有些意外，想不到自己這麼早便引起這些音樂大師的注意。想了想，她解釋：「剛剛那首樂曲，是我為兩個很重要的人所創作。也許因為其中包含的感情太深刻了，因此才特別容易感染人心吧？」

堇青利用高超的演奏技巧及驚人的感染力，把獨屬於原主對父母的那份愛意與思念放大，令其變得特別感動人心。

無論是演奏技巧還是情感的控制，對於這首樂曲的重要性都是缺一不可。要是演奏的人沒有堇青當演員時鍛鍊出來的強大感染力，又或者沒有原主那份對父母的懷念與眷戀，是絕對無法將樂曲最為核心的那份感覺完美地展現給聽眾。

然而還有一點，是堇青沒有說的，她演奏時精神力的運行路線與別人不同，這才能夠以最微小的精神力，達到最強大的舒緩效果。

這段時間裡堇青一直調整著精神力的運用方式，而且已經初具成效。她之所以把這點隱藏下來，並不是她敝帚自珍。只是堇青還想把這方法更加完善一點再發表，而且她還等著郭婉怡出手對付自己呢！

要是堇青貢獻出新的精神力運行方法，她的重要性便大大提升，到時候便會被保護起來。郭婉怡固然無法傷害到她，可卻也達不到堇青想要讓對方自食惡果的想法。

堇青想要把事情鬧大，然後狠狠給予郭婉怡一個教訓！

因此新的精神力運用方式，堇青打算等把郭婉怡解決掉以後再公開。

她也不是完全無私，堇青沒有忘記還有一個對她虎視眈眈的郭松永。對方財雄勢大，而且還把她視作自己的所有物。

要是堇青發表新的精神力運用方法而出名了，郭松永要對她來硬的話至少要先掂量一下吧？

對於堇青的說詞，那些音樂家都有些懷疑。但想到對方出色的演奏技巧及情感感染力，又覺得若那首曲子對堇青有特別意義的話，那麼她的精神力即使只有D，能夠造成這麼強大的效果也許也不是沒可能。畢竟這首是她自己創作的樂曲……

嗯？

這首樂曲是……青青草她創作的？

一眾音樂家的重點立即偏移，不久前他們還在惋惜青青草的精神力只有D級，實在可惜了她的音樂才華，可現在發現對方竟然還會作曲，而且成品還讓人驚豔！

作曲可沒有精神力等級的要求，也就是說，青青草即使當不了演奏家還可以作曲，音樂才華絕不會被埋沒的！

眾人爲堇青感到高興的同時，也對她創作的新曲很好奇。可惜堇青表示這樂曲是送給兩個她生命中很重要的人，並不打算像以往般把樂譜公開。

對此眾人雖然覺得可惜，但也表示理解。

堇青與一眾粉絲閒聊了一番，並與陛下及小世子兩個小孩子重點聊了幾句後，便結束了這次的直播。

開學典禮上，郭婉怡的演奏獲得了很大的成功，尤其她創作的樂曲令人眼前一亮，才剛開學便讓音樂學院所有師生都記住她了！

到了晚上，郭婉怡仍欣喜若狂，沒有絲毫睡意，她已經可以預想自己光輝的未來了。看來這一晚即使她沒有因爲太高興而失眠，也會因爲美夢而笑醒吧。

然而郭婉怡的好心情卻沒能延續至睡覺前，她的好友俞晶晶要求與她視訊，結果才剛允許請求，便見螢幕中的俞晶晶氣急敗壞地道：「婉怡，大事不好了！妳今天在開學典禮演奏的樂曲被人剽竊了！」

郭婉怡才剛浮上的些許睡意立即消散無蹤，她想不到堇青會把樂曲在網上公開，而且正好選在她發表樂曲的同一天！

郭婉怡有瞬間的心虛與慌亂。然而她早有了與堇青鬧翻的心理準備，腦海中迅速回憶了一遍自己做的事情，確認應該沒有紕漏後，便裝出一副震驚的神情：「到底是怎麼回事？」

俞晶晶忿忿不平地道：「有一個叫『青青草』的網紅，晚上在星網直播演奏，她演奏的樂曲正是婉怡妳創作的那首歌。而且她還很心機地把樂曲做了些修改，難道以為這樣我們就認不出來嗎!?」

聽到俞晶晶說堇青是在「晚上」直播，開學典禮的時間絕對比直播早，她完全放鬆下來。心裡想著幸好自己早一步公開樂曲，不然即使她這段時間做了不少創作樂曲的證據，可人們終究有著先入爲主的心態。要是被堇青搶先一步把樂曲發表，終究會是個麻煩。

郭婉怡還以爲以堇青現在的情況，即使創作出樂曲以後也沒有公開演奏的舞台，誰知道這人竟選擇在網上直播發表……不！她竟然會當網紅也已經夠不可思議了……

不過郭婉怡隨即想到堇青那可憐兮兮的D級精神力，再想到她被音樂學院拒於門外的經歷，又覺得對方想要當網紅也不是一件難以想像的事情了。

畢竟像她精神力這麼低下的人，也只有網紅這種職業才能找到觀眾吧？

郭婉怡覺得堇青還眞可悲，這種註定成就低下的人，怎麼就不好好在臭溝裡待著，要冒出來惹人厭呢？

現在既然她把樂曲演奏出來了……那爲了自保，也就只能反過來說她抄襲自己了。

一個是小網紅，一個是能夠進入音樂學院、代表新生演奏的高材生，再加上樂曲又是郭婉怡搶先發表的，人們會相信誰是樂曲的創作者，這不是顯而易見嗎？

堇青這個人……還眞是犯賤呢！

好好地躲在地底當溝渠老鼠不就好了嗎？

郭婉怡眼中閃過深深的嘲諷，從小她便很嫉妒堇青有著名音樂家當父母。雖然郭家很富有，然而術業有專攻，顯然堇家父母對郭婉怡的音樂之路更有幫助。

偏偏堇青佔著良好的資源，卻只有低等的精神力，眞是佔著茅坑不拉屎，可憐可悲又可恨。

看到郭婉怡低垂著眼簾不說話，俞晶晶以爲她在傷心了，便安慰道：「婉怡妳放心，我不會讓那個青青草欺負妳的！正好今天妳演奏時我有拍下視頻，現在立即上星網為妳正名！」

郭婉怡抬起頭時，臉上的惡意與嘲諷都消失了。她一臉感激地看向俞晶晶：「晶晶，眞是太感謝妳了！我現在心很亂，遇上這種事情完全不知道該怎麼辦才好，幸好有妳這個好朋友在我的身邊。」

聽到郭婉怡的話，再看到她依賴的神情，俞晶晶頓時覺得自己責任重大。作爲郭婉怡的好朋友，俞晶晶自覺一定不能讓人欺負她！

很快，星網便出現了一則帖子，上面同時附上郭婉怡在開學典禮的演奏，以及青青草的直播視頻，並且列出了兩段影片出現的時間，又以文字詳細敘述了郭婉怡的樂曲被青青草抄襲的事情。

這則帖子自然是由俞晶晶發出，郭婉怡可是當了婊子又立牌坊，才不會親自上陣呢！

堇青畢竟是她老師的女兒，這身分對郭婉怡來說有些敏感。即使道理在她那邊，可在堇家父母都去世的情況下，她對堇青出手很容易會被人道德綁架。因此對付堇青的事情郭婉怡完全不想沾手，全都推給俞晶晶代她出頭了。

可憐俞晶晶還不知道自己被郭婉怡利用，正摩拳擦掌地要爲好友討回公道。

俞晶晶更把帖子分享到音樂學院的網站，以及堇青的直播間。

又因爲當晚的直播中音樂協會會長席明德毫不掩飾對青青草的欣賞，有看過直播的好事者又將帖子分享到音樂協會的網站，一副要向會長討說法的模樣。

頓時，音樂界炸了！

兩首樂曲雖然有著不同之處，但主旋律一聽便知道是同一首。對於到底是誰抄襲誰，網上出現了不同看法。

【誰抄誰不是很明顯了嗎？樂曲是郭婉怡先發表的吧？】

【話不能這麼說，說不定在創作的時候就被剽竊呢！】

【的確，不能說誰先把樂曲演奏出來誰便是創作者。】

【那二人都不出來回應嗎？】

【郭婉怡是音樂學院的新生代表，那個青青草只是網紅而已，一定是那個青青草抄襲吧！】

【那可不一定，要知道青青草的演奏是連音樂協會會長聽到也會驚艷的人。】

【就是，誰說一定要上音樂學院才能有出色表現呢！高手在民間呀！】

【這些是青青草的腦殘粉吧？我也是呵呵了。】

【竟然把一個小網紅與音樂學院的新生代表混為一談，音樂學院的人都要哭了。】

【我是音樂學院的學生，郭婉怡今天的演出很精彩，拜託你們看過視頻再說話好嗎？】

【樓上才是，拜託你們看過青青草的視頻再說話。看完以後，便會知道你家郭婉怡什麼也不是。】

【真討厭這些自視甚高的所謂高材生，好像進了名校便高人一等似的。網紅怎

樣，網紅吃你家大米了嗎？】

【網紅不怎麼樣，可是抄襲的網紅就噁心了！】

【誰抄襲誰還不知道呢！】

當郭婉怡到星網查看網友的留言時，很意外帖子下面的評論，並不是她所以爲的一面倒抨擊堇青。

因爲有了堇青這段時間用心經營直播，讓不少人認可了她的實力。雖然她只是個網紅，可是演奏技巧卻不比那些音樂學院畢業的高材生差。

就像網友們所說：誰抄襲誰還不知道呢！

因此有不少人都還在觀望著事情的發展，並不像上輩子那樣，一開始便用各種惡言惡語抨擊原主。

郭婉怡看得心裡暗恨，也不知道堇青到底走了什麼狗屎運，竟然有這麼多人替她說好話！

不過對此她並不擔心，畢竟她早就做好各種「創作樂曲」的證據。原本她並不想親自發文，只是堇青的直播比她想像中受歡迎，對方在直播中展現出不錯的實力，這讓她不得不心生警惕。

既然俞晶晶搞不定她，郭婉怡衡量利弊後還是決定親自出手。只是俞晶晶才剛把帖子放出來，她馬上接著放實錘的話，就顯得有些焦急了，因此她打算一切等明天再說。

至於網友所說的、堇青受到席明德欣賞的事情，郭婉怡卻是一個字也不信。這只怕是那些腦殘粉捏造事實往她臉上貼金罷。

其實只要郭婉怡不這麼自負，肯花些時間看看堇青的直播重播，便會對對方現在的實力與受歡迎程度心裡有數了。然而她卻打從心底看不起對方，錯失了了解敵人的機會。

與郭婉怡一樣帶著讓事情再發酵一下想法的，還有堇青。

不同於郭婉怡密切關注著星網的言論，堇青卻是早早便上床睡覺了，完全不擔心自己會在網路被人誤會怒罵，這大概便是原創者與抄襲者之間的差別吧？

郭婉怡作爲剽竊他人作品的人，即使已經預先做好了萬全的準備，可事到臨頭仍免不了慌張，這便是心虛的表現。

愈是心虛，她便愈想要證明自己，也愈是介意別人對這件事情的評論。

相反地，堇青卻希望愈來愈多人關注事件，因此她想讓事情繼續在星網發酵，好讓更多人能夠看清楚郭婉怡的眞面目！

因此這一晚堇青沉默著不做任何澄清，任由髒水潑向她。畢竟未來誰能笑到最後才是最重要的，現在……就先讓那些討論替她在網上炒炒熱度好了。

到了第二天，當俞晶晶再次聯絡郭婉怡時，立即被對方憔悴的模樣驚到。

俞晶晶心疼得不得了，既替好友感到委屈，又覺得自己實在太沒用了，竟然無法爲好友取回公道。同時亦怨恨那個剽竊好友作品的網紅，那個人做出這厚顏無恥的事情，到了現在還龜縮起來不說話，不是心虛是什麼了!?

「婉怡，我知道妳心情不好，原本我也不打算煩擾妳，只是那個青青草的粉絲也太過分了，竟然在網上造謠說是妳反過來抄她的樂譜。我們一定要拿出實證才行。婉怡，妳創作樂曲時有做記錄嗎？有的話妳拿出來，我們甩那些人一臉！」

郭婉怡微笑地把早已整理好的資料分享給俞晶晶，道：「資料我已整理好了。這些資料讓我來公開吧，總不能讓妳忙著，我這個當事人反而躲在一旁。」

俞晶晶看著好友一副即使深受傷害，也要堅強起來抗敵的模樣。再次覺得自己責任重大，同時對青青草更是痛恨。

看了看郭婉怡提供的資料，其中都是些修改樂曲的設定，然而這些資料都是從一個多月前開始的。

其實這正是郭婉怡偷拍董青樂譜後，把未完成樂曲補完的過程。

俞晶晶奇怪地詢問：「婉怡，之前的記錄呢？」

郭婉怡解釋：「之前我是以手寫稿來創作，後來我的學妹董青不小心把咖啡潑在樂譜上，把樂譜毀了，我便改爲用光腦創作。」

俞晶晶靈光一閃：「怎會這麼巧，妳那個學妹把樂譜毀了，不久妳的樂曲便被人抄襲發布？妳說……青青草會不會便是妳的學妹堇青？」

郭婉怡訝異地瞪大雙目：「不會吧……小青不會做這樣的事情……雖然、雖然我的樂譜就只有給過她看……」

俞晶晶一臉恨鐵不成鋼：「婉怡妳太容易相信別人了，那個堇青也太可疑……不行！我一定要好好調查她一番！」

郭婉怡低垂眼簾，憂鬱地道：「即使眞是小青做的，還是算了吧，小青是老師的女兒。老師他們都不在了，我要爲他們好好照顧小青才對。」

俞晶晶遊說道：「要是妳的老師們還在，也一定不會想看到女兒誤入歧途。我們不揭發她，說不定下次又出現其他受害者。婉怡，我們不能讓她再這麼害人。」

郭婉怡彷彿被俞晶晶說服，嘆了口氣後點了點頭。

然而在俞晶晶看不到的角度，郭婉怡卻勾起了嘴角，露出充滿惡意的笑容……

第六章・陛下出手

相較於郭婉怡的憔悴，美美睡了個美容覺的堇青，第二天卻是容光煥發，完全沒有受到網上輿論的困擾。她興致勃勃地上網看了一番眾人的言論，當足了吃瓜群眾的癮。

這個世界非常著重知識產權，若是被證實有實際侵權行爲，是很嚴重的罪，更會令剽竊的那方名譽掃地。

代價大了，人們犯罪前便會更謹慎地掂量一番才行動，因此已經很久沒有出現過這麼明目張膽的抄襲行爲。這件事很快便受到眾人關注，引起討論熱度。

與悠然自得的堇青相反，團子卻看不得那些人對堇青品頭論足的模樣，連連追問她到底什麼時候出手。

堇青卻依然看熱鬧不嫌事大地笑道：「不急，現在還只是郭婉怡的朋友出帖。待郭婉怡親自放出證據，我才好打臉。何況音樂界難得有這種大新聞，總要給些時間讓網友好好撕逼一番不是嗎？」

團子：「……青青開心就好。」

結果說曹操曹操便到，兩人的談話才剛結束，光腦便響起了提醒音，郭婉怡在星網發文，還直接標籤了青青草的直播間！

經過一個晚上的醞釀，事情已經從音樂界傳至其他網友耳中，俞晶晶帖子的瀏覽次數愈來愈多，不少人也在關注事情發展，並且猜測到底誰才是那個可恥的抄襲者。

因此當郭婉怡放出所謂的「證據」以後，立即引起眾多討論。

【看！實錘都出來了。我就說是那個網紅抄襲吧！】

【也不一定，這都只是郭婉怡的片面之詞。】

【片面之詞+1，奉勸各位別跟車太貼。】

【人家連創作過程的截圖都放上來了，這還不能說明真相嗎？】

【那些截圖只有一半不到的創作過程，也不能說明什麼。】

【可郭婉怡也有解釋呀，她不是說原樂譜被她的學妹毀了嗎？】

【哪有這麼巧的事？】

【就是，該不會是郭婉怡拿不出之前的樂譜，就把事情推在她學妹身上吧？話說，有誰知道她學妹是誰？】

【哈哈！樓上想像力真豐富。】

【這我知道，郭婉怡的學妹叫菫青，是她老師的獨生女。聽說菫青的演奏技巧不錯，不過精神力只有D，因此達不到音樂學院的入學要求，沒有與郭婉怡一起入學。】

【D級的精神力？有沒有人跟我一樣，覺得這設定有些熟悉？】

【青青草好像說過，她的精神力也是D級？】

【等等！該不會青青草就是菫青吧!?】

【這麼說也有可能呀！如果菫青無法上音樂學院，又想有一個演奏的平台，當網紅也是有可能嘛！】

【而且她要剽竊郭婉怡的樂曲，必定要想辦法在東窗事發時讓郭婉怡拿不出證據，比如……用咖啡毀了她的樂譜？】

【天啊！細思極恐！】

【細思極恐+1】

【細思極恐+2】

【細思極恐+3】

……

【細思極恐+1043】

【所以有誰知道，青青草到底是不是堇青？】

眾人在網上討論得熱火朝天之際，如同原主上一世留下來的記憶般，有人把青青草的身分挖出來，並且在星網公開了她的私人資料。

【我是直播平台的工作人員，我實在看不慣這種抄襲別人心血的小人！那個堇青就是網紅「青青草」，這是證據！（照片）（照片）】

【樓上把人家的資料都放出來，這樣做不好吧？】

【有什麼不好的，這種抄襲狗的資料就應該公開讓人吊打才對！】

【可也沒有確實的證據證明青青草是抄襲的那方……】
【事情還不明顯嗎？只有青青草抄襲，那所有事情都對得上來。】
【多謝正義小哥的資料，可你不怕因為這樣而丟了工作嗎？】
【如果那個堇青是無辜的話，她怎會到現在還默不作聲，分明是心虛嘛！】
【竟然剽竊學姊的作品……堇青父母到底是怎樣教女兒的？】
【很多家長都是這樣，只專注孩子的學習，卻忘記了品德更加重要。】

堇青看著郭婉怡放上星網所謂的證據，以及對方那副委屈巴巴的白蓮花語氣，又看到那些引導事情進展、抨擊她的話語，不由得冷笑道：「還眞是沒有見過這麼不要臉的人……既然都不要臉了，那就別怪我把妳的臉撕下來丟在地上踐踏。」

團子頓時高興起來，奶聲奶氣地爲她搖旗吶喊：「加油！青青，讓她跪下來喊『爸爸』！」

堇青：「……」

團子獨自在鏡靈空間的時候到底都在看什麼呀？這孩子以前還奶萌奶萌的，現在好像愈來愈歪了？

不過團子這番話實在深得堇青的心，她這次不為郭婉怡帶來畢生難忘的教訓，便不是堇青了！

只是還沒等堇青回應郭婉怡的指責，光腦便出現了私訊提示——

陛下：「妳沒事嗎？」

看到這句簡短卻充滿關懷的問候，堇青眼神柔和下來，微笑著回覆：「放心吧！我沒事，這事情很快就會解決。」

陛下：「我手上有些資料，應該能幫上妳的忙。（附件）」

堇青好奇地把陛下傳來的附件打開，驚見裡面竟然有郭家的出入記錄，以及原主到外地處理父母喪事、因抑鬱症而看心理醫生的時間；更有郭婉怡前往與堇青見面時，路邊的監視系統拍到的照片。

另外，最令堇青感到驚喜的，是陛下提供了郭婉怡買水軍在星網引導輿論、公開堇青身分的證據截圖！

不得不說，她被陛下的效率驚到了！

事情才發生多久，他竟然已經找到了這麼多證據！

陛下找到的幾項證據記錄中，近三個月出入郭家的人都沒有堇青。因爲三個月前堇青父母在外地過世了，原主忙著處理他們的喪事，再加上她心情低落，出現輕微的抑鬱症而去看心理醫生。

還有一個原因，便是郭松永向原主表白，告訴原主希望能代替她的父母照顧她。可原主只把對方視作兄長，爲免尷尬便沒有再去過郭家。

郭婉怡說樂譜被堇青毀了，可那段時間堇青根本分身乏術，別說沒有到過郭家，連郭婉怡也沒有私下見過。直至近一個月，堇青逐漸接受父母的死，生活慢慢穩定以後才繼續與郭婉怡交往，可卻沒有再踏足過郭家一步。

至於郭婉怡在這段時間與堇青的幾次見面——出席堇青父母的喪禮，以及到堇家作客，她身上都只帶著一個一看便知道根本放不下樂譜的手袋。

那麼問題來了，堇青連所謂的樂譜都沒有見過，那她到底是怎樣用咖啡毀掉對方的樂譜呢？

至於網路水軍的作爲，更是把郭婉怡的卑劣發揮得淋漓盡致。要知道堇青可是她老師的獨生女，她不說替死去的老師多照顧對方，也不應在星網公開對方的資料進行網路霸凌！

再加上郭婉怡爲了實踐與兄長的約定，盡力傷害堇青，好讓他事後安慰對方的效果可以更好，於是在與水軍的對話中，更是交付他們狠狠抨擊堇青的父母，這些對話都被陛下截圖了！

這事情要是公開，郭婉怡的惡毒形象勢必洗不掉！

雖然有了之前拍下的郭婉怡盜取樂譜的錄影，要對付她已是分分鐘的事情。然而陛下送來的資料卻是讓對方的惡劣無所遁形，直接把對方最卑劣的一面展現於人前。

堇青喜出望外地回覆：「謝謝！你給的資料實在太有用了！」

頓了頓，菫青道：「爲了感謝你的幫助，我們在現實見個面吧！我請你吃大餐怎樣？」

陛下：「只是舉手之勞而已。」

見孩子一板一眼，彷彿教科書般地禮貌回覆，菫青雙眼滿是笑意，然而字句之間卻極盡所能地開始賣起慘來：「對你來說只是舉手之勞，可是卻對我有很大的幫助。要是讓我不做任何事情，我一定不會心安的。難道……難道陛下你不想在現實與我見面？我們不是朋友嗎？」

陛下：「我們當然是朋友，正因為是朋友，妳才不用這麼客氣。何況即使我不管，妳應該也已經收集了一些證據？」

菫青訝異詢問：「你怎麼知道的？」

陛下：「猜到的，因為我覺得妳不是一個坐以待斃的人。」

頓了頓，又見陛下的訊息再傳來：「不如妳的證據晚些再發，至於我搜集的證據……我來替妳發好了。妳曾去看過心理醫生的事，要是由妳親自發出去，那些人又會說妳在賣慘。何況那個郭婉怡找親友替她出頭，妳總不好什麼事情都自己做，看起來好像平白矮了她一頭似的。」

菫青忍不住「噗哧」笑了出來，陛下的意思是要她「輸人不輸陣」嗎？他也太可愛了吧！

感動的同時，菫青也在猜測這些資料到底是怎樣搜集到的。陛下再懂事也只是個小孩子，他又不像會因爲朋友的私事而麻煩長輩的人。

隨即菫青又想像到那些霸道總裁小說的情節……不是經常有這種劇情嗎，一言不合便召喚神龍……不！召喚祕書才對。

想到這裡，菫青不得不佩服自己強大的想像力。陛下只是個小孩而已，哪有什麼下屬呢？

如果菫青的想法被某祕書知道，他一定會表示：我就是那一條龍。（悲）

有人爲自己出頭，這讓菫青心裡暖暖的。她自然不會把別人的關心往外推，立即應允了陛下的建議，又舊話重提地道：「好啊，這事情麻煩你了。看，你幫了我這麼多，我一定要請你吃頓大餐，不然怎麼好意思。」

陛下：「……好吧，妳先把樂譜的事情處理好，我們事後再約。」

堇青：「說定了！麼麼噠！」

▲▲▲

在安家，安子晉看著堇青那句「麼麼噠」，耳朵迅速變得通紅。

雖然安子晉很想說堇青是不是對他有什麼意思，只是想到在堇青心目中，他還是個只有八歲的小屁孩，安子晉卻又蔫了……

初次見面的時候，安子晉對堇青沒有太大的感覺，只覺得她是個有著正義感、可以結交的人。正好那時候他忙著帶孩子，覺得讓安橋多認識些朋友也是好事，便容許對方待在他們身邊。

可很快地，他便對堇青產生了興趣。只要有這個人陪在他身邊，即使是很平常的事情彷彿都會變得有趣起來。

以前他覺得很傻、不屑一顧的事，與堇青一起做竟覺得有著說不出的樂趣。

就像他原本待在一個灰撲撲的世界，因爲這個女生的出現，忽然間變得色彩斑斕。

別人都說安子晉是一個工作狂，可其實他也不是如別人所想像般那麼熱愛工作。只是別人喜歡的娛樂他都興致缺缺，對任何事情都提不起興趣。也只有在商業較量中能夠獲得些許成就感，這才一直埋首於工作中。

然而認識了堇青以後，不知不覺他的心不再全部投進工作裡，反而每天期待著與少女在遊戲中見面。

因此當安橋說他喜歡堇青時，安子晉雖有些意外，但卻又有著一種恍然大悟的感覺。

原來他是喜歡對方啊……

那時候安子晉還不知道堇青的身分，連對方的眞實年紀與外貌都不清楚，可是他卻有一種感覺——就是這個人了。

安家二公子，那個冷冰冰、眼中只有工作的人竟然網戀了……而且還是暗戀！

得知安子晉的小心思時，安家眾人全驚呆了！只是他們對安子晉的感情還是很支持的……

不容易呀！本以爲這傢伙要不孤獨終老，要不便是工作太忙而猝死……現在他竟然把目光投注在工作以外的事情，即使那個人在現實中是個男的，他們也支持！

後來安家私下調查了下堇青，發現是個漂亮的姑娘，雖然有些沉迷於音樂，但只要人品合格、安子晉又喜歡，安家人便欣然接納了。

只是安子晉卻一直沒有追求對方，甚至沒有約對方出來在現實見面，眞是讓安家眾人快要急死！

直至星網出現抄襲樂譜的風波，看到安子晉心急如焚地讓人搜集郭婉怡的罪證，安家人這才暗暗點頭，心想著這次總該有些進展了吧？

安子晉也的確如他們所預料，因爲交出這份資料而被堇青成功約出去！

雖然讓人家姑娘主動……但至少踏出第一步了！

可喜可賀？

▲▲▲

另一邊，堇青與安子晉斷了通訊不久，便接到郭松永的視訊要求。

堇青冷笑一聲，腦海裡浮現起一張英俊的臉。平心而論，郭松永真的長得很不錯，再加上他一身上位者的氣勢，是那種很吸引女人目光的類型。

可惜卻是個人渣。

那人長得再英俊，堇青也完全不想看到他的臉，她拒絕了郭松永的視訊要求，改爲打電話過去。

相較於郭婉怡，堇青更討厭這個以愛爲名來傷害原主的男人。要不是想知道對方找自己到底要說什麼，只怕連話也不想跟他說。

接通電話後，立即便傳來對方興師問罪的聲音：「怎麼拒絕了我的視訊，改爲打電話？」

堇青挑了挑眉，心想這人說話眞是自我中心，這種強勢與理所當然的語氣，眞的是追人的態度嗎？

堇青正想懟他，然而郭松永根本不打算等待回答，自顧自地又說道：「婉怡的事我已經知道了，我相信妳沒有抄襲她的樂譜，錯的是她。只是她也沒有多少壞心，她被我們寵得有點過了，我會好好說她的。」

堇青心裡冷笑。誰不是父母眼中的小公主？你家寵女兒，就要作賤人家的女兒嗎？

剽竊別人的作品，還上網誣衊受害者才是抄襲的人，公開受害者的眞實身分訊息，更牽連到人家過世的父母……要是做出這種惡事的是堇青自己的妹妹，她一定打斷對方的腿！

結果郭松永輕飄飄的一句「寵得有點過了」，便想把事情帶過？

對於堇青滿心的嘲諷，郭松永全然不知，自覺已向對方表達出歉意了，便繼續心安理得地道：「現在事情弄成這樣，我眞的很過意不去。青青，我很喜歡妳，讓我好好照顧妳吧！我會替妳把網上的東西都刪了。別看那些人罵得狠，網民都是很健忘的，過一段時間便會把這事情忘了。」

說罷，郭松永終於把要說的話說完了，自信滿滿地停了下來等堇青答應他的追求。他認爲堇青現在已求助無門，她本就不擅俗務，性格敏感又脆弱，被人罵了這麼久，應該已經是忍耐的極限了吧？

堇青聞言只覺得好笑，如果是情感細膩的原主，在全世界都責罵她的時候只有郭松永站在她身邊，的確會被他感動到沒錯。可郭松永的態度與說法，聽在堇青耳中只覺非常可笑。

堇青問：「你替我把網上有關抄襲話題的帖子都刪了，我便要接受你的追求？所以這是交易？」

郭松永想不到印象中容易拿捏的堇青會說出這種帶刺的話，沉默了幾秒才哄騙道：「也不能這麼說，我只是擔心妳，想在妳身邊照顧妳而已。何況青青妳也不想妳的父母在網上被人辱罵對吧？我可以幫妳的。」

否認是一場交易，然而郭松永話裡話外的意思，都是用著堇青與其父母的名譽來威脅她。

堇青笑道：「我的父母被人辱罵，是拜哪頭白眼狼所賜？」

不待郭松永回答，這次輪到堇青接著說話，不給對方插口的機會：「何況我接受你的追求，我能獲得什麼嗎？罪魁禍首又會受到什麼懲罰？郭婉怡只是私下被你不痛不癢地罵幾句，而我的名聲、我的樂曲卻回不來了。網上刪相關的帖子與留言的確能夠有利事情淡化，可我的罪名並不會因此而消失……郭松永，在你的心裡，我是這麼蠢的嗎？」

再次不待郭松永回答，堇青又道：「你施捨般的幫忙，根本就幫不上什麼。這麼沒誠意的條件，你也好意思提出來，這是絲毫不把我放在眼裡吧？何況以你的敏銳，我不信你現在才察覺到郭婉怡剽竊我的樂曲。就連她買水軍的事情，背後我都看到了你的影子呢！你是故意放任她的行爲，然後又裝好人來安慰我，好以此來讓我屈服，對嗎？」

「口口聲聲說愛，卻用盡手段傷害自己愛的人……郭松永，你真讓人噁心。」

說罷，不給郭松永反應的機會，堇青便結束通訊，並迅速把他拉入了黑名單。

雖然堇青還不能夠確定陛下小朋友到底是不是她的戀人，可看了對方默默準備好證據送給她，再比較郭松永以自己父母名聲作威脅的舉動，便顯得前者非常真摯，後者卑鄙無恥得很。

原主一開始答應郭松永的條件，也是爲了平息抄襲事件，還回她父母的聲譽。然而在與對方相處過後，卻被他的虛情假意所瞞騙。也許因爲原主太單純，又或者是對方的手段太高超，但堇青實在無法理解她爲什麼會看上郭松永這種高傲自大的卑鄙小人。

又或者，原主其實也察覺到對方的眞面目，只是她太孤單寂寞了，只能對此裝作視而不見，直到她撞破郭家兄妹那場討論抄襲事件的對話爲止。

飯。

愈想愈覺得郭松永討人厭，堇青決定不再想那噁心的傢伙，免得今天吃不下飯。

然而很快地，一直關注著網路動態的堇青，因爲星網上的一則帖子而柔和了眼神，鬱悶的心情頓時一掃而空。

第七章・真相大白

這是陛下發的帖子，他把之前給堇青的資料都放到星網上。

更有趣的是，他敘述前因後果時還學著俞晶晶帖子的表達方式，那副心疼朋友加討厭抄襲狗的語氣學得維妙維肖。

堇青雖然看不見俞晶晶此刻的表情，但也可以想像到她看到這帖子後到底會有多生氣了。

陛下提供的這些資料，雖然仍無法完全證實郭婉怡抄襲堇青，但至少撕開了對方的白蓮花面具，而且這些資料全都有根有據，讓人無法反駁。

樂譜抄襲事件已成了星網上最大的八卦，陛下這帖子一出，立即被推上了熱搜，也引來眾多吃瓜群眾的討論。

【這段時間青青草都沒有到過郭家，也就是說她用咖啡毀了郭婉怡樂譜一事根本就是誣衊。】

【也不能這麼說，也許樂譜是在別的地方被毀呢？】

【可是堇青與郭婉怡這段時間都沒有什麼交集呀！唯一見面就是堇家父母的喪

禮，以及郭婉怡主動到董家找過董青幾次。那時郭婉怡身上的手袋那麼小，根本放不下樂譜。】

【青青草因為父母逝世都要看心理醫生了，哪有心力去暗算郭婉怡？】

【只有我覺得青青草很可憐嗎？父母都死去，還要被郭婉怡欺負。】

【我是青青草的粉絲，記得她曾說過直播開始的那段時間因為心情不好，因此都不太與大家互動。現在看起來，那正是她父母剛去世的那段時間……】

【我比較想知道水軍的事情到底是真是假，如果是真的，那個郭婉怡也太噁心了吧？】

【即使董青真的抄襲她的樂曲，可董青父母是無辜的。郭婉怡買水軍引導別人罵她已經去世的恩師，也太過分了。】

【已經有黑客高手證實，陛下交出的資料都是真的。（連結）（連結）】

【我是音樂學院的學生，郭婉怡在新生致詞時還特意感謝董家父母的教導呢，還真是諷刺。】

【我是郭婉怡以前的同學，她之前經常把堇青父母掛在嘴邊，表現出很尊敬對方的模樣。還因為他們的關係，老師都對她特別照顧。】

【現在想想，就算堇青是抄襲狗，罵她去世的父母也太過分了。】

【把人家的私人資料公開也很過分，聽說有些人還要組隊去堇家鬧事呢！不知道看到這帖子出來後，他們還會不會去。】

【不是吧？這就過分了。若堇青抄襲也應該由法律去制裁，何況現在事情的真相還未知。】

【最新消息，那群想要鬧事的人行動暫停了，聽說是陛下小弟弟警告了他們，如果他們騷擾堇青，他便會訴諸法律行動。】

【「陛下小弟弟」是什麼稱呼？陛下的小弟弟嗎？好污！】

【樓上別亂開車！】

【陛下真的男友力MAX，太帥了！好羨慕青青草有對她這麼好的男朋友。】

【不對，陛下是個只有八歲的小弟弟，不是青青草的男友。】

【真的假的!?】

【好想要這種弟弟！】

【陛下小弟弟你還缺姊姊嗎？會煮飯、上大學的那種！】

【抱歉我笑了出來。】

▲▲▲

安子晉的帖子才剛登上星網，一直關注網上討論的俞晶晶與郭婉怡立即便注意到。

看過安子晉帖子的內容後，俞晶晶難以置信地詢問郭婉怡：「婉怡，網上那個陛下說的話到底是……」

雖然郭婉怡很想推說自己是被人冤枉的，然而她也知道這些事情既然被人查出來，多得是方法來查明資料的眞僞，星網上可是隱藏著眾多能人呢！

因此她不敢繼續說謊，只能露出一臉羞愧悔恨的表情承認，道：「我當時都氣糊塗了。要知道青青是我最重要的朋友，她竟然剽竊我的樂曲，被好朋友背叛令我又傷心又難過，才會做出這麼多錯事。」

這些事情郭婉怡都可以承認，然而抄襲樂曲的事她是絕對不能認的。幸好陛下的帖子並沒有她抄襲的證據，堇青的紙本樂譜無法證明創作時間，而她還搶在堇青之前演奏樂曲，因此她只要緊咬著這點，勝利最終會屬於她的！

只是想不到那個網名叫「陛下」的人會查出她誣衊堇青毀樂譜，以及找水軍噴堇家人的事情。即使抄襲的事情她最終獲勝，但名聲都臭了，實在是得不償失。

郭婉怡現在萬分後悔，早知道這樣，她當時就不貪心要把樂曲佔爲己有了。

可惜現在她已騎虎難下，只得硬著頭皮在這條路走下去。

俞晶晶懷疑地盯著郭婉怡看，她以爲溫婉柔弱的好友，竟然在她不知道的情況下做了那麼多事情，這讓她十分心寒。

只是她不久前才以對方好友的身分公開維護，在眾人眼中她已經是郭婉怡的同件了。要是對方眞的剽竊了堇青的曲子，那她豈不變成了幫凶？

俞晶晶現在只滿心希望郭婉怡沒有說謊，那首曲子眞的是她創作的，不然只怕自己也會受到牽連。

「婉怡，當了那麼久的朋友……妳可別坑我呀！」俞晶晶道。

郭婉怡心虛得很，然而臉上卻硬撐著一副自己絕對是清白的模樣：「當然，晶晶，難道妳不相信我嗎？我現在立即便上網道歉，並且再次澄清那首樂曲絕對是我原創的！」

郭婉怡說好說歹說才把俞晶晶的懷疑打消掉，她上網道歉的內容也與剛剛對俞晶晶說的大同小異。

陛下的指控她都認了下來，就說自己因爲樂譜被抄襲太生氣了，鬼迷心竅地做了錯事。

只是抄襲的事情卻完全不認，一口咬定曲子是她原創的。

即使郭婉怡的道歉再誠懇網民也不買帳，把她罵得狠了，只是眾人終究無法分辨到底誰才是樂曲的原創者。

網上什麼說法都有，眾人有著眾多不同的猜測。

就在這時候，一直默不作聲的堇青終於上星網了，而且還開了直播！

當堇青看著直播間的人數瞬間竄升至史無前例的數字時，不由得在心裡與團子打趣道：「我該感謝郭婉怡替我免費宣傳嗎？再多來幾次，我都可以上直播排行榜的前三了！」

團子嘻嘻笑道：「好呀！事情結束後妳去多謝她，包準把她氣死！」

頓了頓，團子又道：「青青，那個郭婉怡來看妳的直播了。」

直播間人數太多，堇青也沒時間逐個觀眾的名字去看。只是團子一直有關注郭婉怡那邊的事情，立即便注意到對方有來看直播。

堇青笑道：「這不錯，打臉的話當然是對著當事人講最好，相信她看現場直播一定更能夠感受到其中的震撼。」

此時堇青面前那些觀眾的留言迅速更新著，都是在問她有關抄襲的事情。留言實在跳動得太快，堇青根本追不上更新的速度，便乾脆不去看了，向觀眾如常地打了聲招呼。

「大家好，有關這兩天網路上熱門的樂曲抄襲事件，我稍後會做出回應。現在，我希望大家先聽一聽我的演奏。雖然這曲子昨天已經表演過了，只是今天多了不少新朋友，我猜大家都是為了這首樂曲而來。既然如此，我希望新來的朋友們能夠先靜下心來聽一聽。」

說罷，堇青不等大家反應便拿起了小提琴，開始演奏這首近期掀起不少風浪的樂曲。

悠揚的音樂響起，明明是非常柔和溫暖的樂曲，偏偏卻又帶著說不出的悲傷。不少人聽著聽著，不知不覺中已流下淚水。

直播間不少觀眾是堇青的粉絲，曾感受過這樂曲的威力。本以為有過一次經驗，這次有心理準備，理應能夠好好調整情緒。

然而再次聽堇青演奏，他們才發現自己太天眞了，依然被這首樂曲悲傷的氣氛虐得不要不要的。

同樣在直播間觀看直播的郭婉怡則是滿臉震驚，她想不到堇青的演奏竟然有著如此巨大的進步。昨天她還爲自己在開學典禮的表現沾沾自喜，可現在才發現，自己以爲完美的演奏與對方的一比，簡直像地上的塵埃。

無論是創作出來的樂曲，還是演奏的成果，郭婉怡都沒有任何一點能夠比得上堇青。

郭婉怡又妒又恨，同時卻又有著深深的恐慌。即使是對音樂不甚了解的普通人，聽過她二人的演奏後，也能夠立即分辨出高下。

堇青用這場演奏來證明她的實力，她根本無須抄襲任何人。出色的樂曲對她來說只是錦上添花，眞正打動人心的是那強大的情感感染力！

郭婉怡對堇青的指控，簡直就像個笑話！

那些原本傾向相信郭婉怡的人，心裡忍不住開始懷疑自己的選擇到底是不是正確的了。

他們一直以爲堇青不回應是因爲心虛，可現在看對方這麼有底氣地開直播，她哪會是心虛?之前的沉默，根本只是完全不把郭婉怡的指控放在眼裡！

在眾人陷入樂曲的影響中回不過神、直播間的字幕一片沉寂之際，結束演奏的堇青說話了：「這首是我創作的樂曲，它並不是如郭婉怡所說般，描述戀愛的感覺，而是我送給父母的安魂曲。這首樂曲充滿了我對父母的愛意與思念，我絕不會任由別人來玷污它！」

說罷，堇青脫下了臉上的面具，露出她眞實的容貌。少女清麗的臉上滿是堅定，明明看似個柔弱的女生，然而莫須有的罪名與網上鋪天蓋地的黑料也沒有把她擊倒，這個默默承受著一切的少女有著出乎眾人意料的堅強。

柔弱的少女固然惹人憐愛，但自強自愛的人更令人尊敬。

【我就說這樂曲為什麼會讓人感到既溫暖又悲傷，原來是青青草創作來紀念她

的亡父亡母嗎？】

【父母去世、好友背叛……心疼播主，妳這段時間受到的打擊太大了。】

【心疼播主+1，我們會永遠支持妳的！】

【那個郭婉怡真是狼心狗肺，看看網上的資料，董青父母把她當作親女兒般教導。給了她多少資源與人脈，結果他們一死，郭婉怡便欺負他們的女兒。】

【雖然郭婉怡對樂曲修改了不少地方，可是主旋律沒有太多的變動。我先前聽過她的演奏，還覺得樂曲雖好，但聽起來總有些怪怪的。原來是她根本完全領悟錯了樂曲的創作原意，人家用來追憶父母的樂曲，被她扭曲成狗屁的甜蜜戀愛了！】

【那個郭婉怡說是音樂學院的新生代表，可是她怎樣看也比不上播主呀！音樂學院到底是怎樣的招收標準？】

【就是，播主被拒於門外，而比不上她的郭婉怡當了新生代表，該不會有什麼貓膩吧？】

【哪有這麼多陰謀論，別忘了郭婉怡的精神力等級是A，而播主只有D。】

【可是聽音樂不就為了享受，以及舒緩精神力異常嗎？菫青的演奏一點兒也不比精神力強大的人差，為什麼就因為這樣連進修的機會也被剝奪呢？】

【我也覺得音樂學院的制度太守舊了，錯失了這麼有天賦的學生，他們就不心疼嗎？】

【就是，也不知道有多少有天賦的孩子被耽誤了。】

看到留言區的字幕開始歪樓，從「心疼播主」變成了「論精神力是否決定一切成就」，菫青又無奈又好笑。雖然對於能夠引起眾人反思精神力制度的問題，菫青是樂見其成，只是現在並不是討論這種事情的好時機。

別看這些人說得義憤填膺，可精神力強弱代表著一個人能夠走多遠，這一點已經是社會根深柢固的思想。

現在提出異議，所承受的壓力會是想像不到的巨大。菫青對精神力的研究已經進入尾聲，等她有了成果便有了底氣，到時才是改變這個制度的最好時機。

因此堇青便把手中的證據甩了出來，正是拍下郭婉怡偷拍樂曲的監視記錄，頓時把所有人的注意力再次拉了回去。「相信大家都知道，我與郭婉怡是很好的朋友。原本事情鬧大後，我想著要是她能夠來找我好好談談，那我便說樂曲是我授權給她演奏、等事情自然平息就好。然而她卻誣衊我抄襲，還在星網上洩露我的私人資料……最讓我無法容忍的，是她買水軍來黑我的父母。因爲我的精神力不高，爸媽都把郭婉怡視爲衣缽傳人，對她就像親女兒般好。可她卻把他們牽扯進來，這是我無論如何也無法忍受的。我要還自己一個清白，同時亦要還父母一個清靜！」

看到堇青放出的監視錄像，清清楚楚拍下了郭婉怡偷拍樂譜的所有經過。還有一些樂譜存放在星網的截圖，時間比郭婉怡交出的所謂創作樂曲的截圖時間更早。

到底誰抄襲誰，答案已經很清楚了。

誰也想不到堇青手握這麼致命的證據，一出手便直接讓這兩天眾人熱烈討論的抄襲事件蓋棺定論。那些沒有明確立場、只是過來看熱鬧的民眾，在聽過她的演奏後已經傾向相信她了。現在她又拿出這麼確實的證據，他們心裡的最後一絲懷疑也完全消除。

至於那些原本相信郭婉怡的人，看過堇青的證據後也知道自己信錯人了。這些人不少都在網上罵過堇青，其中更有不少激烈粗鄙的言論，甚至不少人打賭說要是堇青是無辜的，他們便去吃翔吃鍵盤。這些人立即偷偷把言論刪了，就希望別人不要記得他們之前信誓旦旦的打賭才好。

原本很多人只是爲了湊熱鬧才來看堇青的直播，然而看過她的演奏後卻被直接圈粉了。得知眞相後，不少人很心疼堇青，有些之前誤解她的人更直接在直播間向她道歉，也有人在安慰著堇青，煙火鮮花等禮物接連送出，一時間，直播間一片熱鬧。

郭婉怡臉色蒼白，雙目通紅地看著堇青提交出來的監視記錄，心裡頓時生起一股怒氣！

堇青那傢伙，竟然在練習室設了監視！

她竟然做得那麼絕！以前還一副是我好友的模樣，現在卻翻臉不認人！

她只是個網紅，認下抄襲又不會怎樣。我可是音樂學院的高材生呀！她難道不知道這份監視記錄放出來，很有可能會害我被學校退學嗎？她怎能這樣冷血！

看到網上的人抨擊自己，就如同先前他們用著最狠毒的言語來抨擊堇青那樣。當時郭婉怡看得心情舒暢，可事情落到自己身上，那些惡毒的言語就像一把刀子般，刺得她鮮血淋漓。

【既然播主有證據，那就交給相關部門吧！侵權可不是小事。】

一道留言在郭婉怡眼中掠過，她差點兒暈倒了，知道再不做點什麼，她便要完蛋了，立即聯絡了郭松永：「哥……你一定要幫我……」

然而一直對郭婉怡這個妹妹很不錯的郭松永，卻冷聲說了一句莫名其妙的話：「妳把我喜歡的人害死，還要我幫妳？」

說罷，郭松永便單方面斷了與郭婉怡的聯絡，隨即更把她列入了黑名單。

郭婉怡感到莫名其妙，可自家兄長不理她，她只得轉向母親求助。

郭婉怡的父親是個花花公子，家裡紅旗不倒，外面彩旗飄飄，也幸好他死得早，不然在他外面這麼多女人、又沒有避孕，現在多得是私生子女與他們爭家產，郭松永也無法這麼順利當家作主。

郭家兄妹的母親秦知秋當年是郭父的祕書，能夠從一個祕書爬至郭家的當家主母，秦知秋絕對是一個精明能幹的女人。

聽過郭婉怡的哭訴後，秦知秋生氣地罵了對方一頓。她倒不是覺得郭婉怡對付堇青有什麼不妥，只是生氣女兒爲了這種蠅頭小利便以身試法，還要這麼高調地弄得人盡皆知，更蠢得被人抓住了把柄。

不過秦知秋還是疼女兒的，把人罵了一頓後便開始各種動作。找人在星網刪留言，又趁著堇青還沒採取法律途徑，花了大筆金錢收買音樂協會與音樂學院的人。

然而本來以爲能萬無一失的事情卻頻頻觸礁，網上的資料即使刪掉了，瞬間又會出現；原本收了她錢的人，不是反悔，便是被人拉下馬，彷彿有一隻看不見的手在推動著一切事情的發展，不讓秦知秋把事情平息。

而且這個幕後推手，絕對比郭家強大得多。

想通了這點，秦知秋頓時不淡定了！

秦知秋本來還想找來些小混混，讓他們去威脅堇青。然而看到這情況，她都不敢出手了。就怕像郭婉怡一樣，到時候收買小混混的證據被人放上星網，偷雞不著蝕把米。

她立即找過女兒質問：「婉怡，妳不是說那個堇青只是個父母雙亡、沒有靠山的人嗎？」

郭婉怡對此也想不明白：「是呀！堇家就只是個普通的音樂世家，雖然在音樂界很有名，然而在社會上卻是無權無勢，算是富有，但也比不上我們家有錢。就算老師他們仍在世，也做不到這種程度。」

秦知秋也曾調查過堇青的背景，的確如郭婉怡所說般普通，她實在百思不得其解，到底是誰在阻撓她的諸多手段？

再這麼下去，他們郭家只怕保不住郭婉怡了！

第八章・終於見面了

一直在背後爲堇青保駕護航、正被郭家母女叨唸著的安子晉，此時一臉糾結，心裡卻又有些竊喜地看著堇青給他的邀約訊息。

是的，秦知秋的各種手段之所以鎩羽而歸，全都是安子晉的傑作。

當安子晉得知了抄襲事件後，他讓人尋找證據的同時，更早已叮囑過祕書盯著郭家，要是郭家再做出任何不利堇青的舉動，便把事情掐滅於搖籃中。

果然不出他所料，郭婉怡一看事情已水落石出，便想利用郭家的權勢把事情掩蓋過去。

安子晉又怎會讓他們輕易粉飾太平？既然做得出這種狠絕事情，便要接受事情敗露以後的後果！

在安子晉的授意下，不少針對堇青的小動作都被擋了回去。堇青在安子晉的守護下，很快便把各種證據移交司法部門，走上了法律程序。同時郭婉怡更被音樂學院退學，音樂協會更公開譴責這種抄襲的行爲！

事件告一段落以後，菫青反而因禍得福，一躍成爲了當紅播主。不僅直播間粉絲數量大增，還引起了音樂界的關注。音樂學院更向菫青拋出了橄欖枝，只是被菫青拒絕了。

菫青之所以拒絕，倒不是因爲之前不獲取錄而記恨在心。只是她不想被限制自由，浪費時間待在學校裡。也許以後她會跟隨一位音樂家繼續進修，但不是現在。

在忙著精神力研究的同時，菫青也沒有忘記與安子晉的約會。

菫青覺得這孩子實在太神祕了，雖然他答應了在現實世界見面，可至今卻連眞實姓名也沒有告知，這讓她對陛下好奇得很，更加期待與對方見面。

雖然不知道陛下的眞實身分是誰，只是經由一直監視著郭婉怡的團子口中得知，這孩子除了爲她搜集證據外，還默默爲她做了這麼多事情。可以說菫青到了現在還能這麼平靜地生活，陛下功不可沒。

一個孩子能夠擁有這麼強硬的手段，聽起來好像很荒謬，然而菫青卻覺得背後爲她保駕護航的人是陛下沒錯。除了他，菫青實在想像不到其他人了。

堇青興致勃勃地約陛下到她的家裡，同時還邀約了可愛的小世子，更歡迎他們的家人也一起來。

之所以把地方定爲堇家，堇青也是深思熟慮過的。

堇青覺得陛下這孩子出手時能夠處處壓郭家一頭，背景必定不俗。堇家雖然也算富有，可卻連郭家都比不過。與其請對方去吃他們也許很常吃的高級餐廳，倒不如由堇青親自烹煮幾道家常菜更有誠意。

隨即堇青又想到，說不定陛下一直不說出眞實身分，便是因爲家裡大人的叮囑，怕小孩子被心懷不軌的人哄騙。

因此堇青也邀請了他們的家長，就怕對方誤以爲她是懷有目的、處心積慮地接近陛下。

「可青青，妳不就是處心積慮地接近他嗎？只是妳不想劫財，而是想劫色而已。」團子笑嘻嘻地道。

堇青：「……」

對方說得很有道理，她竟然無言以對。

當安子晉收到堇青的邀約，確定了雙方在今晚會面後，他也立即想到了自己年齡的問題……至今堇青還以爲「陛下」是個小孩子呢！

安子晉想對堇青坦白，可是又覺得特意說明自己的年紀好像怪怪的……反正晚上對方就會知曉眞相，因此他便不多此一舉了。

安橋得知自己可以到「問號姊姊」家裡作客，開心得不得了。這段時間他都有關注星網的抄襲事件，知道堇青父母俱亡、還被人欺侮，正義感十足的小朋友立即同仇敵愾起來。

要不是安子晉出手快，安橋小朋友只怕已經央求父母幫忙了。

雖然安橋知道堇青已經沉冤得雪，可是發生了這麼多的事情，堇青一定還很難過，因此安橋卯足勁兒，決定這次過去一定要好好賣萌逗堇青開心！

因爲安子晉並不是眞的小孩子，自然不用父母陪同。何況這次是與有好感的女生約會，他更不會帶著安子仁與喬望雪這兩個電燈炮。

即使安家人再想看堇青這位能夠讓安子晉這個工作狂心動的奇女子，只怕也要等他成功把人拐到安家後才可以了。

在安橋外出之前，安子仁與喬望雪耳提面命地讓他好好照顧安子晉。

小喬！你小叔能不能嫁出去，就靠你了！

實在是自家人知道自家事，別看安子晉年輕俊美又多金，可他完全是一塊不解風情的朽木，他們眞擔心安子晉這一次到堇家與堇青見面後，便沒有下次了呀！

當安橋離開安家時，不只是眼神死，雙腿還是飄的……

嚶嚶嚶，我還是個寶寶呀！把這麼重大的責任壓到我身上，於心何忍？

安子晉奇怪地看著小姪子一副壓力山大的模樣感到十分疑惑，心想不久前他還很高興可以去堇家玩，怎麼現在卻蔫了呢？

不過安子晉也有些緊張，便沒有理會安橋了。摸了摸放在西裝外套中的禮物，安子晉深吸一口氣，駕車前往堇家。

同樣正前往堇家的，還有堇青最不想看到的人——郭松永。

郭松永這段時間並不好過，他每天晚上都會作一個夢，夢裡他就像個旁觀者，看著夢中的「郭松永」發生的一切事情。

他看到郭婉怡剽竊堇青的樂曲，並且誣衊對方抄襲。與現實不同的是，夢裡發生的一切進行得很順利，堇青身敗名裂，他為堇青刪除網上的留言，又多次在網友到她家鬧事時挺身而出，最終堇青被他感動，當了他的女友。

只可惜好景不常，後來堇青發現當初是他默許郭婉怡的舉動，並且還給予支持後，便鬧著與他分手。他一氣之下，便把人哄騙到別墅關了起來。

誰知道堇青趁他不在別墅時逃跑，結果失足墜樓。而他的母親與妹妹明明目擊到慘劇發生，卻不為堇青叫救護車，任由她重傷而死。

夢中是以旁觀者的視角進行，郭松永還看到母親與妹妹在夢中的他不知道的情況下，是怎樣對堇青冷嘲熱諷。尤其是她們冷眼看著堇青死去時的眼神，即使他是她們的血脈至親，也感到心寒不已。

一開始他還以爲自己只是作了噩夢，只是這夢愈來愈清晰，也愈來愈眞實。他彷彿在夢裡經歷了另一段人生，親歷其境般感受到在堇青死亡以後，他的懊悔與悲傷，以及對親人的失望。

他忍不住會想，如果抄襲的事情讓郭婉怡得逞，那事情會不會就要向著夢裡的方向走？

想到這種可能性，郭松永便感到不寒而慄。

他是對堇青有好感沒錯，然而更多的是被拒絕的不甘心。因此當堇青拒絕他，早把人視爲自己所有物的郭松永便把人囚禁起來，對此完全沒有絲毫歉疚，只覺得理所當然。

就像他養了一條狗，狗不聽話了自然要懲罰，又怎會心存歉疚？

然而在夢中，堇青死去以後，郭松永反倒忘不了她。尤其隨著他的生意愈做愈大，身邊奔著他的錢而來的美人愈多，更倒是顯得堇青的特別。

人都有種劣根性，愈是得不到的東西愈是稀罕。郭松永受到夢境的影響，對擁有堇青這件事已經形成了一股執念。

他本就是個自私的人，並未檢討自己的錯誤，反而遷怒在夢中間接害死堇青的媽媽與妹妹。爲了得到自己想要的女人，且避免重蹈覆轍，郭松永還拒絕了妹妹的求助，可見其涼薄的心性。

郭松永按響堇家的門鈴時，堇青還以爲是陛下他們來了，沒有多看，便打開了門。結果當她發現門外的人是郭松永、想要把門關上時，已經來不及！

「郭松永，你想做什麼？我家不歡迎你！你立刻給我出去！」堇青瞪著頂住大門不讓她關上的郭松永，氣呼呼地要把他趕走。

「小青，我是爲了婉怡的事情來向妳道歉的！我愛妳，只要是妳希望，我會讓她受到應得的懲罰。」郭松永深情地說道。

郭松永在堇青門前堆滿了大量玫瑰花，他的手中還拿著一大束鮮艷欲滴的玫瑰要送給堇青，整件事情說有多浮誇便有多浮誇，想讓人不注意到都難。

再加上近期堇青因爲抄襲事件而紅了，小區的鄰居總是偷偷關注著她，因此郭松永的出現，立即引起眾人圍觀，有些人還直接在網路上直播，頓時吸引了眾多人觀看。

【這個男的好帥耶！】

【為什麼被這麼優質的男人追求，青青草卻一副為難的模樣？】

【我來為大家科普一下：這個男人叫郭松永，郭家現任當家，郭永百貨大家知道吧？就是他家開的。】

【喔喔！名符其實的高富帥!!】

【等等，他豈不是郭婉怡的哥哥？】

【郭家都不是好人，難怪青青草一臉為難。】

【也不能這麼說，一人做事一人當，把郭婉怡做的孽按到郭松永身上，對他也太不公平了吧？】

【有沒有人能夠告訴我，他準備這麼多玫瑰花到底花了多少錢？】

【那些玫瑰花顏色比我們常見的鮮艷，而且花朵幾乎大了一倍，是什麼稀有品種嗎？】

【好浪漫，太令人羨慕了！】

在眾人討論著的同時，郭松永把手中的玫瑰花遞出，天空突然下起了玫瑰花瓣雨，頓時惹來圍觀群眾一陣驚歎。

堇青嘴角一抽。這還眞是小說中典型的霸道總裁追人的手段，她該慶幸這傢伙沒有誇張得坐直升機從天而降嗎？

堇青對郭松永無意，當然不會接過他的玫瑰花。看了看四周那些進行直播的人，堇青猜測這些人之中只怕有郭松永的人，故意把事情弄得人盡皆知：「松永哥，我已經很確定地告訴過你，我不喜歡你，只把你視爲兄長，你也說過以後不會再糾纏我的。」

然而郭松永卻不願就此退卻，他溫柔而深情地凝望著堇青，道：「很抱歉，小青，我實在是情難自禁。我沒有想要逼迫妳什麼，難道我想對妳好、想要照顧妳、守護妳的心情是錯了嗎？」

郭松永對自己最終能夠抱得美人歸很有信心，既然在夢中菫青最終接受了他的追求，那麼他也有信心可以在現實中感動到她。

可惜郭松永並不知道，在他眼前的已經不是那個容易心軟感動的原主，那個容易被哄騙的人已經不在了。

菫青對郭松永不只沒有絲毫好感，還厭惡得不得了。要不是現在這麼多人圍觀，她都想扯著他的衣領叫他「滾」了！

只是她已經能夠預想到，要是她眞的這麼做，只怕到時候又會是鋪天蓋地的指責了吧……

那些看熱鬧的人絕不會去了解事情的眞相，他們只會站在道德的制高點去指責別人，以此來彰顯自身的高尚罷。

裝可憐而已，誰不會？至少菫青有自信，自己的演技絕對比郭松永這個放不下身段的富家公子好得多了！

堇青一臉爲難地搖了搖頭，道：「我眞的不喜歡你，你這樣會造成我的困擾。何況，我已經澄清了抄襲事件，不用你爲我在網上刪留言，也不用你爲我的父母正名……松永哥，你應該知道『陛下』吧？要我說的話，陛下可比你有擔當多了。要不是他是個小孩子，我當時就心動了呢。就連身爲我朋友的人，也爲了我的事情而奔波，可你口口聲聲說喜歡我，卻從沒有主動幫忙，而是在我最無助的時候以此作爲條件……其實我覺得，松永哥你並不是眞的喜歡我吧？喜歡一個人，不應該是這樣的。」

郭松永想不到對方會把他曾經用來威脅的事情一一道出，一時之間不知該如何回答。

原本還覺得郭松永的追求很浪漫、爲他的眞誠所感動的人們，頓時炸了。

【我剛剛聽到什麼？是我了解到的意思嗎!?】

【所以郭松永曾經利用為堇青平息抄襲事件作條件，要堇青接受他的追求？】

【把我剛剛的感動還回來！】

【果然郭家的人都不是什麼好人。】

【說不定他與郭婉怡狼狽為奸，就為了逼青青草就範呢！】

如果堇青看到此刻網上的言論，不得不說他們眞相了……

堇青本以爲她把對方的威脅都說出來了，以郭松永的性格只怕要大大生氣。誰知道他雖然因爲這番言論而露出訝異的神情，卻沒有堇青所以爲的惱羞成怒，反而態度良好地道歉懇求：「之前是我的錯，我實在太擔心會失去妳，這才鑽了牛角尖，做了些過分的事情。我現在已經充分了解到自己的錯誤，只希望小青妳別因爲這樣而判我死刑好嗎？」

郭松永的認錯態度良好，堇青卻沒有絲毫感動。她看過這人對待原主有多無情，正所謂江山易改，本性難移，才不會相信他眞的會改變自己。

何況她又不喜歡郭松永，即使對方再好又有何用？不喜歡就是不喜歡。天下溫柔體貼的男人多得是，難道對方對她有意思，她便要與那人在一起嗎？

堇青心裡不屑，可郭松永良好的認錯態度顯然獲得了網友們的歡心，還有人看熱鬧不嫌事大地在星網叫囂：「嫁給他！嫁給他！」

堇青實在被對方油鹽不進的模樣弄得煩不勝煩：「總而言之，你這樣會讓我很困擾，也打擾到我的生活。今天我要招待朋友，你這樣……」

「朋友？男的？」堇青的話還沒說完，便被郭松永打斷。

堇青挑了挑眉，正想說她的交友狀況不須要向任何人交代，便聽到一個略帶低沉的男聲說道：「是男的又怎樣？」

眾人往聲音來源看過去，便見一個男人牽著孩子越群而出。這男人穿著一看便知道價值不菲的高級西裝，長相俊美，雖然戴著眼鏡卻不顯得文弱，西裝下是養眼的闊肩窄腰大長腿，一身氣勢貴氣又驚人。

至於他牽著的孩子，大約剛上小學的年紀，長得粉妝玉琢，一雙大眼睛完全不怕生地打量著眾人，顯得機靈又可愛。

堇青愣了愣，隨即試探著詢問：「是……小世子與小世子爸爸？陛下不來嗎？」

安橋的外貌與遊戲裡的一模一樣，因此堇青一眼便認出來。至於陪同他一起來的安子晉，被堇青理所當然地視爲安橋的爹了。

男子還未說話，他牽著的孩子便已鬆開了他的手，蹦蹦跳跳地走到堇青面前：「問號姊姊好，我是安橋，星網ＩＤ是小世子。這是我的小叔，安子晉，他就是陛下喔。」

堇青：「……」

郭松永：「……」

圍觀的眾人：「……」

就怕空氣突然變得安靜。

過了好一會，圍觀人們炸了。相較於有些顧忌當事人在場而竊竊私語的鄰居們，星網上可是熱鬧得多了。

【所以陛下不是小孩子？真身是個大男人？】

【我就說小孩子怎會這樣霸氣，他在星網護著青青草的模樣完全是個霸道總裁

呀！原來根本就是個霸道總裁！】

【安子晉……是我知道的那個安子晉嗎？】

【我之前看過他的專訪，他的確是安家二公子安子晉！】

【與安家相比，郭家又算得了什麼？可憐的郭松永……】

【無論外貌還是家勢，還有對青青草的誠意，郭松永完敗啊！】

【剛剛堇青說了對吧？她說要不是陛下是個小孩子，她就心動了呀！】

【那麼青青草可以嫁了，我們也可以散場了。】

【別這樣XDDD你們還記得大明湖畔的郭松永嗎？】

【你們反水也太快了吧，明明剛剛還說郭松永與堇青很登對。】

【我覺得郭公子也不差啊，人家也是高富帥好吧？】

【你們這些局外人在品頭論足什麼呢，反正這兩個優質男人又不是看上你。】

堇青神情複雜地看著安子晉，雖然很高興對方不是真的是個孩子，不然年齡差太多，對方當她戀人的話，堇青總有種犯罪感。

可是她又對對方瞞著自己這點有些不爽，要知道，堇青一直都用面對小孩子的態度來對安子晉，可他卻對她哄孩子的態度全盤接受了，完全沒有告訴她眞相的打算。

雖然心裡不爽，只是在眾人、尤其在郭松永這個對她志在必得的討厭鬼面前，堇青不會下安子晉的面子。只見她笑道：「原來你就是陛下，我還一直以爲你是個小孩子呢！」便把事情輕輕掀過。

說罷，堇青看向傻傻拿著玫瑰花的郭松永，道：「看，我沒有說謊，今天眞的有約了，松永哥，你請回吧！」

郭松永一臉不甘心，臉上一陣青一陣白，他想要繼續糾纏，可是郭家最近有個案子與安家合作，這件案子對安家來說可有可無，但郭家卻是耗費了大量心力才爭取過來。

如果惹得安子晉不快，失去了安家的投資，那麼對郭家來說是個致命打擊！

郭松永安慰著自己，安子晉什麼女人沒見過，像堇青這種沒權沒勢、除了音樂便無一事處的女人可不入對方青眼。安子晉之前之所以幫助堇青，大概也只是作爲朋友給予些許關懷而已吧？說不定還是看在堇青能夠照顧好小世子安橋的份上？

反正郭松永這次過來，本就沒想過能一次成功抱得美人歸。他只是想要把事情鬧大，讓別人知道堇青是他喜歡的女人，想要追求她以前，先掂量掂量而已。

既然目的已經達到，郭松永也不再死纏爛打。在惹得安子晉不快以前，他很有風度地說道：「既然如此，那我就不阻礙小青妳會友了。我只是希望小青妳記著，有我這個愛慕妳的人存在便好。」

郭松永進退有度、情深款款的模樣，頓時贏得不少路人甲的好感。

安子晉進入堇家時，回首往郭松永看了一眼，正好看到對方那來不及遮掩的陰冷目光。

第九章・甜蜜蜜

把安子晉與安橋領入屋後，堇青便把他們帶到客廳，微笑道：「我到廚房準備晚飯，你們可以看看電視，或者書房有遊戲艙可以到星網玩遊戲。不過我家只有一個遊戲艙，之前還想著兩個小孩子該怎樣分配，現在倒是不擔心這個問題了。」

安子晉從堇青的話中感受到一股危機感，強大的求生欲促使他立即道歉：「抱歉，讓妳感到不愉快。我之所以在遊戲裡設定成小孩子的模樣，是爲了配合小喬一起玩遊戲。與妳相熟以後，誤會已經形成，我不知道該怎樣開口告訴妳眞相……並不是故意要瞞著妳。」

對方道歉態度眞誠，堇青也不是眞的生氣，便不再抓住這點不放。

聽到堇青原諒他以後，安子晉那俊美英挺的眉眼舒展開，堇青頓時受到了會心一擊！

明明一副霸道總裁的模樣，卻露出了這麼甜的表情，實在是太犯規了！

目擊整個過程的團子：「……」

「不……等等！青青，妳這副春心蕩漾的模樣……難道妳已經確定了這個人就是『他』了嗎？」

堇青聞言愣了愣，看著安子晉那張俊臉好一會，有些恍然地說道：「嗯……應該是他沒錯。」

堇青現在的年紀看似很年輕，但有著多次穿越的記憶，她擁有比別人多出很多的閱歷。

遇過的事物多了，對很多事情都能夠處之泰然。可是只要遇上那一個人，她那顆平靜的心便會撲通撲通地激烈跳動。

以前遇到轉世的戀人時，堇青雖然對他有些熟悉感，可是卻也是在相處過後才能確認對方的身分。

可這一次，堇青卻發現自己對戀人有著很敏銳的直覺。即使他們初次相遇於不是實體存在的虛擬世界，即使那時候她以爲對方只是個小男孩，可堇青就是直覺認爲那個小孩正是她要找的人。

彷彿她與戀人有了一種能夠超脫身體、建立於靈魂的連繫似的……

堇青靈光一閃，想到那道在她靈魂離開小世界後，其中一半沒入了她的靈魂、另外一半消失到遠方的金光。

難道是因為那道光芒的緣故？

此時堇青還無法確定心裡的猜測，只得暫時把這事情先放下。

安頓好客人後，堇青便開始準備今天的晚餐。雖然她在這方面不算很有天賦，但經歷了多個小世界、度過不同的人生後，堇青也鍛鍊出廚藝了。即使達不到大師級的水準，做頓美味的家常菜絕對難不倒她。

這個世界科技先進，有著各種高科技機器輔助，堇青很快便完成晚餐。

安子晉與安橋看著桌上色香味俱全的飯菜，都露出了驚訝的神色。來堇家之前，他們了解過對方的資料，知道她是個一心只有音樂的藝術家。

像她這種彷彿不食人間煙火的人，竟然提出要親自烹調晚餐，安子晉與安橋對此都有些不太看好。

他們早已做好了心理準備，即使這頓晚餐再難吃，也不能表露出來。

然而他們似乎小看了堇青，眼前的飯菜雖然只是普通家常菜，卻很美味。雖然安家的廚子中也有一個很擅長煮中式料理，不過專業廚師烹煮的食物美味是美味，可過於精緻，就失去了家的味道。

堇青準備的飯菜對於吃慣高級料理的安子晉與安橋來說，充滿了新鮮感，安橋吃得小肚子脹脹的，安子晉也不小心有些吃撐。

看到安家叔姪這麼給面子，把桌上的飯菜都掃光了，堇青不由得勾起滿意又愉悅的笑容。

展顏一笑的堇青就像顆閃爍光芒的明珠，雖不如寶石耀眼，可溫潤的光芒卻格外讓人感到溫暖，讓安子晉移不開視線。

見到男子耳朵逐漸泛紅，那副一臉嚴謹地裝出若無其事的模樣，依舊是這麼萌。堇青心裡好笑，同時又落下一顆大石般地放鬆起來。

「團子，我可以確定了，陛下……不，安子晉就是『他』。」堇青愉悅說道。

團子嚷道：「那青青妳還等什麼，看他的模樣顯然也是對妳有意思嘛！不要慫！立即把人撲倒吧！」

堇青不理會看熱鬧不嫌事大、拚命慫恿她撲上去的團子，她再次向安子晉道謝：「謝謝你提供給我的證據，還有在我受到千夫所指的時候，願意挺身而出站在我那方。」

安子晉搖了搖頭：「不用客氣，妳既然手裡掌握了當時的監視記錄，有沒有我的幫忙，妳都能成功洗脫嫌疑的。」

聽到安子晉的話，一旁的安橋都要被他氣死了！

雖然安橋只有七歲，可在這個幼稚園小朋友已經會嚷著要與要好同學結婚的年代，安橋也已經知道什麼是喜歡、什麼叫談戀愛了！

追女孩子的時候就是要獻殷勤，往往只有一成的功勞都要說成十成的。偏偏安子晉呢，那麼用心爲堇青保駕護航，卻露出一副自己什麼事情也沒做的模樣！

安橋覺得自己這個小學生去追女孩子，說不定還比小叔出色呢！

想到步出家門前才被家人委以重任，安橋立即補充：「郭家的人都是壞人，他們還派人想去欺負問題姊姊，但都被小叔制止了！」

這事情堇青已經從團子口中得知，只是那時候他們不確定阻止郭家的人是誰。現在聽到安橋的話，堇青總算確認了自己的猜測。

堇青一臉感激地道謝：「我還在奇怪提告郭婉怡的事怎會這麼順利，原來是安先生你幫了忙，眞是太感謝了！」

安橋立即打蛇隨棍上：「問號姊姊，妳會以身相許嗎？我還沒有嬸嬸……」

一旁的安子晉立即把孩子的嘴巴摀住，然而已經太遲了，該說不該說的，安橋都已經說了出來。

總是一副泰山崩於前而色不變的安子晉，難得露出了尷尬的神情，原本才剛恢復過來的耳朵又再次紅了起來：「別介意……小孩子亂說話……」

堇青掩嘴一笑：「所以我不用以身相許了嗎？」

安子晉因爲一會兒要說的話心裡有些緊張，只是身爲一個成功的商人，他很擅長察言觀色，他察覺到堇青對他也不是沒有好感的。

在該出手的時候便要迅速出手，切勿錯失良機，這一點安子晉還是懂的。

雖然如此，與其他公司談判時毫無懼色的安子晉，還是會因爲將要說的話而緊張不已。

大概因爲眞的上了心，才會如此患得患失吧？

安子晉取出早已準備好的禮物，將包裝精美的小錦盒送給堇青：「如果妳眞的準備好以身相許的話，或許給予我一個追求妳的機會？」

一直看著熱鬧的團子頓時起哄：「是戒子嗎？現在送戒子也太快了吧？青青妳要頂住！進度太快不能接受呀！」

堇青卻老神在在：「不會是戒指的，子晉這個人辦事很貼妥，不會讓我感到壓力的。只要我還沒答應他的追求，像戒指這種充滿暗示性的東西是不會送出去。」

「呦！剛剛誰生疏地叫人家『安先生』的？現在私下又叫人『子晉』了？」團子取笑道。

堇青傲嬌地「哼」了聲：「要你管！」

堇青把錦盒打開後，團子發現它果然猜錯了，裡面並不是它所以爲的戒指，卻是一件有些眼熟的飾物……

取出錦盒中的十字架項鍊，堇青看著中心位置的那枚堇青石，喃喃道：「這太貴重了……」

這個時代，堇青石是很珍貴的礦物。這種寶石在很久以前已經開採不到，正所謂物以稀爲貴，品質好的堇青石可是有價無市的珍寶。

像十字架中間鑲嵌的這枚堇青石，透著美麗純粹的紫藍色，通透而沒有一絲雜質，在這個時代是非常名貴的東西。

堇青既驚訝於對方會送出這麼貴重的物品，更震驚著這個十字架與當初葉曉明送給她的定情信物之一非常相近。

安子晉深邃的眼眸凝望著堇青，道：「這個吊墜已經在我家裡存放多年了。當年我在拍賣行看到這個十字架時，立即便被它吸引，尤其覺得這枚寶石的顏色非常迷人。直至遇上了妳，我總算爲它找到一個適合的主人……請妳不要拒絕。」

堇青笑著詢問：「不要拒絕你的禮物，還是……你的追求？」

安子晉因爲緊張，低沉的嗓音略帶乾澀：「請妳不要拒絕我的喜歡。」

看到穩重的安子晉這麼忐忑不安的模樣，堇青感覺很新奇，又有些對方是因爲自己才這麼緊張的優越感：「你之所以覺得這十字架很適合我，是因爲我的名字？」

安子晉解釋：「不……初遇時我並不知道妳眞實的名字。只是……只是也不知爲何，初次與妳相遇，妳的眼睛是像堇青石般的紫色。雖然顏色很快便變回來，但這便是我對妳的最初印象……不知道爲什麼會這樣，也許遊戲出現ＢＵＧ了吧。」

堇青被安子晉一臉困惑的模樣逗笑了，同時又因爲這段似曾相識的對話而心裡充滿了感觸。

在她須要穿越一個又一個世界、經歷著不同的人生時，能夠有一個全心全意待她的人陪伴在側，何其有幸？

在安子晉充滿期待的眼神中，堇青輕笑道：「你替我把項鍊戴上？」

安子晉原本不安的眼神頓時明亮起來，深邃的眸子彷彿閃動著光芒。

他取過項鍊，像是做著什麼神聖任務般，神情非常專注地替堇青把項鍊戴上。

堇青摸了摸身上的吊墜，並回首往安子晉甜笑：「你好，我的新晉男朋友。」

安子晉勾起了嘴角，道：「妳好，我的新晉女朋友。」

「……」一直在旁邊承受這對新晉情侶猛烈放閃的安橋小朋友，覺得自己的眼都快被閃盲了！

這一晚，堇青與安子晉成功脫單了，安橋謹記著家人的託付，晚餐後不願意離開，想要為安子晉創造「生米煮成熟飯」的好機會。

堇青見安子晉神情愈來愈冷，擔心再不表態，安橋就要被揍，便笑道：「反正明天是假日，我家裡有空著的客房，如果小世子的父母許可，就讓他留下來吧！」

就這樣，安橋知會了家裡一聲，並獲得了家人的大力支持。管家更是迅速把他與安子晉的衣物帶來，替安子仁傳話，讓安子晉以照顧安橋為由一併留下。

可惜安家人的期待只怕要落空了，兩人關係才確立的第一天，總不好過於親密。因此安子晉並未如家人的期待般到堇青房裡睡，而是與安橋一起睡客房。

早把堇青視爲囊中之物的郭松永，還不知道自己心心念念的人被別人截胡了。

他回到家後便登入星網，在上面狂賣深情人設，一副為了堇青而深情不悔的模樣。

堇青睡前才察覺到郭松永的舉動，被對方的無恥噁心死了。

雙目一轉，她隨之在星網放上一張與安子晉的牽手照，簡簡單單的一句「我們在一起了」，頓時引起無數人熱烈討論！

堇青這段時間處於風尖浪口，安子晉身爲安家二公子亦不是無名之輩，他們的戀情本就惹人注目。再加上晚上還有郭松永下了一場玫瑰雨來追求堇青的戲碼，兩男配一女，正好成了一個「嬲」字，像這種花邊新聞更是特別吸引人們的眼球。

看到郭松永賣深情不久，堇青與安子晉便高調在星網上曬恩愛，也不知道是不是故意曬給對方看。

眾人中，有祝福堇青戀情的，有同情郭松永這個情場失意失敗者的，但更多的，卻是不看好堇青與安子晉在一起的人。

【那個堇青還真是好手段，兩個豪門公子都被她玩弄在股掌中。】

【不久前還是個父母雙亡的小可憐，這麼快就飛上枝頭變鳳凰了。】

【她長得算漂亮，但比她美的人多得是，安子晉到底看上她什麼？床上功夫特別好嗎？】

【這麼說過分了吧？（嫉妒使人面目全非JPG）】

【不看好他們，豪門媳婦不好當的。】

【不看好+1，兩人的身分太懸殊，門不當，戶不對。】

安子晉成功與堇青確定關係後，這一晚懷著愉悅的心情睡了一覺，醒來卻發現星網出現不少惡意的評論，而且大部分都是衝著堇青來的。

原本愉快的心情迅速被怒氣取代，安子晉渾身殺氣的模樣嚇得睡眼惺忪的安橋立即清醒，啪嗒啪嗒地跑去找堇青了！

堇青早已知道星網上的評論，看到一身泛著殺氣的安子晉時，哭笑不得地安撫：「那些人就是閒的，別理他們胡說了。」

安子晉冷著一張臉道：「不行！不能任由他們詆譭妳！」

安橋也一臉老成地在一旁點頭：「嗯嗯，此風不可長。」

堇青挑了挑眉，道：「你們是關心則亂了，你我是那種被人欺負會忍氣吞聲的人嗎？」

見安子晉與安橋聞言愣住了，堇青笑道：「現在他們蹦跳得愈歡快，將來臉只會被打得愈痛。很快……我會讓那些人反過來討論，安子晉到底配不配得上堇青。」

如果是那些大男人主義的「直男癌」，聽到堇青的話只怕會很反感。

然而安子晉卻覺得那些人之所以不喜歡女友比自己強、事事都要壓女友一頭，根本只是自卑的表現罷。

也許別的男人不喜歡強勢的女性，喜歡那種把他們視爲天、視爲地，出了事情後，會小鳥依人地希望男友爲自己出頭的柔弱女子。

可安子晉卻反而欣喜於堇青擁有自保之力，他從來不會因爲畏懼戀人變得強大，而折斷對方的羽翼，把人掌控在自己身邊。

即使眞的有一天，堇青成長得讓人覺得安子晉配不上她，他也只會加倍努力讓自己變得更加出色，繼續與她並肩同行。

因此面對堇青的揶揄，安子晉沒有絲毫反感，一臉認眞地頷首：「那就好，要是有什麼須要幫忙，記得要跟我說。」

看到對方一如以往的「可愛」反應，堇青笑道：「還眞的有事需要你幫忙。」

說罷，堇青直接把自己至今的研究資料打包了一份，傳至安子晉的光腦。

「這……這是!!」安子晉愈深入了解堇青給予的資料，臉上的神情便愈是震驚，同時又因爲對方對自己的信任而感動不已。

這份資料只差最後的實驗數據了，要是證實了這份研究的正確性，絕對是精神力研究上革命性的新進展，是可以記進史冊的重大發現！

而堇青竟然在研究未公布的時候，把這麼重要的資料交給他，難道她就不怕他見獵心喜，將這份資料據爲己有嗎？

這讓安子晉不禁有些擔憂，雖然他很高興堇青並未因郭婉怡的背叛而杯弓蛇影，可是她也太容易相信別人了！

堇青看穿了安子晉的心思，她仰起頭凝望著他，道：「你不是別人，是我的男朋友。要是我不信任你，那麼一開始便會像對待郭松永那樣，明確拒絕你的追求。既然我把你放在『自己人』的範疇，那麼我行事便不會畏首畏尾地瞞著你。何況把資料交給你，我也不是沒有好處的。只要研究進入實驗階段，參與的人多了，便很容易走漏風聲。像我這樣無權無勢的人，這份研究很容易就會被別人暴取豪奪。因此我需要安家作爲我的後盾……子晉，你不會辜負我的信任對吧？」

安子晉心頭一熱，把對自己無條件付出信任的戀人抱在懷裡：「當然，都交給我吧！」

第十章・奇蹟的演奏

堇青與安家二公子的戀情在星網上掀起一陣熱烈的討論，不少人都在猜測他們到底能否長久。然而兩人終究不是明星，眾人八卦了一段時間便逐漸消停下來。

很快地，郭婉怡的判決也出來了，與原主在那一世受到的制裁一樣，郭婉怡除了須要賠償大筆金錢外，音樂之路也斷了。從小專注學習音樂的她並沒有其他長處，只得到三流的私立學校進修。

那所學校的學生全都是家裡很有錢、卻頑劣不服管教的紈褲子弟，郭婉怡身上揹負著這麼一個醜聞，入學後很快就受到同學的排擠。

一開始，那些學生只是疏遠她，倒是沒有對她做什麼。偏偏郭婉怡這個人高傲慣了，並不服輸，老是自作聰明地搞些小動作，結果把那些學生惹怒了。她來陰的，人家便出拳頭，很快就把她揍得不敢再作妖。

從團子口中聽到郭婉怡這段時間的悲慘遭遇後，堇青雖然討厭校園暴力，但也忍不住要說一句——「惡人自有惡人磨」。

這段時間堇青繼續每天的直播，直播時演奏一首異世界的樂曲，並無償分享樂譜。

只是隨著她名氣愈來愈大，觀眾與打賞的數量也水漲船高以後，便惹來一些眼紅的人，說她在直播時收取的禮物會變成實打實的金錢打賞，變相拿著他人的樂曲來謀取暴利。

這說法立即被堇青的粉絲噴得體無完膚，都說他們給打賞是因爲堇青的演奏。星網上多得是翻唱別人音樂、或者演奏別人樂曲的人，只要列明出處就好。

看了人家的直播不打賞，這麼無恥的事情也許這些黑子喜歡幹，他們可做不出來！

雖然粉絲對於黑子的斂財言論都不買帳，然而這個世上最頑強的生物中，黑子絕對能夠排入三甲之內。他們不須理會自己說的話合不合理、別人認不認同，只要能夠找到一個目標來發洩內心的不滿就好。

結果那些黑子硬是不消停，很快堇青的直播間變得烏煙瘴氣起來。

堇青的粉絲雖然很生氣，不過卻又隱隱有些說不出的期待。憑藉之前的經驗，那些找堇青麻煩的人總被打臉收場。不知道這一場鬧劇，最後會不會又是以黑子被打腫了臉作結束？

結果眾人等來的並不是堇青的回覆，不過卻是殊途同歸，結果都是以黑子被打臉收場……

數個慈善機構公布資料，內容大意是答謝堇青每月的捐贈，並把捐款數目顯示出來。有人統計了下，這些捐款竟然與堇青演奏那些異世樂曲時獲得的收入相符。

也就是說，堇青演奏那些樂曲根本一分錢也沒收，全都捐贈了出去！

看到這些內容，不少黑子都銷聲匿跡了。當然也有些人依然不肯消停，冷嘲熱諷地說現在堇青傍上了大款自然不差錢，捐出來的錢也太少了，一點兒誠意也沒有云云。

大概在這些人的心目中，有錢便是原罪，就應該把錢都分給窮人吧？

堇青也不明白共產主義在這個世界上都消失這麼多年了，爲什麼還有人會有這種想法……

面對這麼不依不撓的黑子，堇青直接搜尋了他們鬧事的截圖發給直播間的管理員，很快地，管理員把他們都封鎖了，瞬間世界變得無比清靜。

研究的事情已經交給安子晉處理，郭婉怡也被解決掉了，堇青便徹底空閒了下來。她在談談情、做做直播的同時，便開始了她在每個世界都會做的事情——投入學習的海洋。

堇青並未進入音樂學院，而是拜了之前很欣賞她的音樂協會會長席明德爲師。她就像海綿一樣瘋狂吸收各種知識，有了新的精神力運用方法，精神力的限制在演奏音樂上的阻礙已是微乎其微。

就連席明德都很訝異堇青的進步，原本他只是不想讓她浪費天賦，亦欣賞她對音樂的熱忱，這才收她爲徒。

至於她的音樂之路到底能夠走得多遠，席明德其實也沒有多大的信心。結果堇青的表現，卻給予他大大的驚喜。

最令席明德驚訝的，是堇青的作曲天賦。

當初他被堇青演奏時的強大感染力所吸引，後來聽過對方演奏那首引起抄襲風波的樂曲，也讓他見識到對方創作的實力。

只是相較於演奏上的出色，堇青在創作方面的天賦卻略嫌不足。以席明德那毒辣的眼光可以看出，那首樂曲之所以如此出色，主要歸功於堇青對亡父亡母深刻的感情。要是讓她以其他主題創作，也許便無法達到這種成就了。

結果席明德馬上被打臉，他發現堇青正在創作一首新的樂曲，而且光是試調時演奏的部分段落，已經令他感到非常驚艷！

面對一臉震驚的席明德，堇青當然不能告訴他現在的「堇青」已經換了人，在作曲方面比原主有天賦。她俏皮地眨了眨眼睛，解釋道：「也許因爲我已經找到了我的繆斯，所以開竅了吧。不過我的繆斯不是女神，而是個男神呢！」

席明德想到每天必定會來接堇青下課的安子晉，立即明白她口中的「繆斯」是誰了。

所以這是……愛情的魔力？

生活彷彿已經上了正軌，然而堇青並未放鬆下來。她時刻謹記著原主到底是怎樣死的，因此這段時間團子仍然一直在監視著郭松永的動向，以防他做出任何對堇青不利的舉動。

郭松永也的確不死心，堇青與安子晉在一起以後，他還到堇家找過堇青。只是當安子晉直接出手讓郭家吃了一個大虧後，郭松永便安分了下來，沒有再在堇青面前出現。

只是堇青心裡明白，相較於只會在背後玩弄陰謀的郭婉怡，郭松永比她有行動力得多，也有殺傷力得多了。

堇青完全不想像原主一樣，落得被郭松永囚禁起來的下場。對於危及自己人身安全的事情，堇青從不敢掉以輕心。

安子晉似乎看郭松永很不順眼，在他有意無意的打壓下，郭氏企業損失了不少。

堇青覺得吃醋的安子晉特別可愛，特別有氣勢，特別有霸道總裁的風範！

郭松永卻似乎真的被安子晉嚇怕了，至今也不見他對堇青出手。對方不作死，堇青總不好去招惹他，就只能小心防著了。

明知道災難很有可能出現，卻只能等著災難的降臨，等待期間最是磨人。幸好堇青早已見識過各種大場面，這種小小的危機在她眼中完全不夠看。堇青不會小看任何帶來危險的可能性，但要面對的話也不會退縮害怕。

然而她卻想不到，因爲她的出現，這個世界很多事情已起了變化。當團子哭哭嚶嚶地說著安子晉出事時，堇青整個人都愣住了！

她迅速反應過來，立即聯絡了安子晉，對方的背景音很嘈雜，還有別人的尖叫聲。

「小晉，你那邊發生什麼事嗎？你現在怎樣了？」堇青焦急地詢問。

安子晉的聲音彷彿壓抑著痛苦般，斷斷續續地傳來：「阿堇……我沒事……妳別過來找我……」

安子晉只說了這麼一句話，通訊便中斷了。

堇青焦急地詢問團子：「到底發生了什麼事情!?」

團子道：「是郭松永那個壞蛋，他把WZX1型金屬寄給安子晉，安子晉被輻射誘發精神力變異了！」

堇青聞言神色大變，WZX1型金屬是近年在宇宙發現的新式合金，雖然可塑性高，然而這種金屬在未加工前會釋放大量引發人們精神力變異的輻射，因此在沒有穿隔離衣的情況下，是嚴禁接觸這種金屬的，亦禁止把金屬帶到人口密集的市區。

安子晉在完全沒有防備的情況下接觸了這種金屬，後果可想而知！

「為什麼會發生這種事情？你不是一直監視著郭松永的嗎？」堇青質問。

團子都覺得自己冤枉死了：「我有監視他的，只是這個時代很多事情都在光腦或者星網進行，我又無法入侵他的思維，不會知道郭松永在星網做了什麼呀！這種金屬他大概是透過星網中的黑市購買，所以我沒有察覺吧？」

在這個世界，光腦直接連接精神力，人們用意念便可以操控，因此團子的監視能發揮的效用實在有限。

聽到團子的解釋，堇青也覺得自己不能怪它，現在當務之急是去幫助安子晉。堇青從練習室取過小提琴後，立即往安氏的辦公大樓出發！

此時辦公大樓內情況很混亂，安子晉打開包裹時，立即感到頭顱像被無數針刺般的劇痛，頓時知道要糟了。

幸好他反應很快地把金屬放回包裝的盒子裡，這金屬既然能夠安然送到他的手上，至少包裝盒是能夠阻擋輻射的。

當時辦公室仍有其他人，安子晉的迅速反應成功救了他們。

然而安子晉卻被引發了精神力變異，他的精神力以驚人的破壞力衝擊著四周的科技設施，尤其能夠連接精神力的光腦首當其衝。

光腦被攻擊，對於與光腦連接的人來說雖然不致命，但卻是非常痛苦的一件事情。這也是爲什麼堇青與他通訊時，會聽到另一端有人在慘叫。

堇青趕到時，辦公大樓內的人已全部撤離，整棟大樓被封鎖起來。四周都是看熱鬧的民眾、記者、警察、安氏的人員……

現在這種情況，堇青知道自己無法硬闖。她焦急地環視四周，看到正在與警方溝通的安子仁時雙目一亮，立即往他跑過去。

「子仁哥，我要進入大樓！」

聽到堇青的話，安子仁還未回答，那名與他對話的警官卻已一口否決要求：「不行！現在情況嚴峻，專家正在想辦法，任何人都別進入去添亂！」

安子仁也勸道：「我知道妳擔心，我們也一樣，可現在進去也幫不到子晉……」

堇青打斷對方的話：「我可以，我能幫到他！」

迎上安子仁訝異的目光，堇青肯定地說道：「我可以救子晉的！子仁哥，你應該知道子晉最近在忙的項目吧？」

身處同一個辦公大樓工作，堇青與安子晉沒有特別避著安子仁，因此他也知道堇青他們在研究什麼，只是不知道他們的研究已經到達什麼階段。

聽到堇青的話，安子仁心頭狂跳，滿懷希望地詢問：「你們的研究已經有成果了？」

堇青頷首：「早就已經研究完畢，只剩更多的實驗數據來支持結論而已。子晉的精神力才剛變異不久，我有信心可以把他治好！」

安子仁聞言一臉猶豫，他當然很想救自己的弟弟，只是他對於堇青的研究成果終究存疑。更何況他無法讓堇青爲了救安子晉，而置身於危險中。

要是堇青出了什麼事，他該怎樣向安子晉交代!?

那名警官弄清楚堇青的意圖後仍然不肯放行，雖然以安子晉的身分，他眞出了什麼事，他們這些參與救援的人員說不定會惹上些麻煩；然而警官還是不願意爲了救安子晉，而把其他民眾牽扯進去。

看到他們鐵了心不放自己進去，堇青只得退而求其次：「既然如此，你們可以把我一會兒演奏的音樂聲響放大，讓大樓裡的子晉也能聽得見嗎？」

堇青這個要求比放她進大樓安全許多，安子仁立即應允下來：「可以，公司本就有擴音設備，是用來在春酒等場合使用的，我立即讓人準備。」

聽到堇青不再嚷著要以身犯險，警官也就不阻止她，任由她在外面折騰了。

很快，一切準備就緒，堇青握著小提琴站在大樓外，仰首看著安子晉所在的樓層，眼神堅定。

四周民眾已經得知堇青要救人，被要求安靜的他們屏息以待，只見對方把小提琴架在肩膀上，開始了演奏。

那是一首眾人從未聽過的動聽樂曲，聽著旋律，他們彷彿變成了旅人，穿越到不同的地方，見識了形形色色的人與事物。

在這段旅程中，一直有個重要的人陪伴著旅人。與他一起歡笑，一起悲傷……

音樂結束時，眾人腦海中不約而同地浮現出重要人的容貌——白髮蒼蒼的老人想起他的老伴，正在交往的年輕人想起他的戀人……彼此之間的相處像播放著的幻燈片一樣，一幕幕溫馨的過去於他們腦海中重現。

這是一首，以「陪伴」作為主題的曲子。

是堇青以她與戀人共度多個世界的靈感來創作，當中包含了她對戀人的感謝、思念與愛。

這次為了救安子晉，堇青演奏時完全沒有保留，全力以赴演奏這首樂曲。在現場聽著演奏的人們所受到的衝擊無疑是最大的，他們陷入了音樂所帶來的幻境中，久久無法回過神來。

這正是堇青結合精神力與魔法世界魔力的運行方式，並加持於音樂中的強大效果！

堇青緩緩把握著小提琴的手垂下，她來到這個世界以後第一次拚盡全力地演奏，無論是體力還是精神力都消耗得比想像中多。然而她卻毫不理會演奏帶來的疲憊，固執地站在原地，仰首看著安子晉待著的樓層呆呆發怔。

終於，堇青的光腦傳來了通訊請求。

堇青連忙接通通訊，聽到了期待已久的安子晉的聲音，低沉而深情：「阿堇，我沒事了。我剛剛聽到了……妳的聲音。」

在無法控制的精神力四處肆虐、頭腦欲裂之際，安子晉聽到了一陣感動人心的音樂，這些音樂就像清泉一樣，撫平了他躁動的精神力。

然而真正讓安子晉的意識從渾沌中清醒過來的，卻是音樂聲中傳來的堇青的呼喚。

雖然安子晉覺得很不可思議，然而……他真的聽到了。

那一聲一聲的、直達靈魂的呼喚。

雖然堇青知道安子晉已經沒有大礙，可當她想要進入大樓時仍然被眾人阻止，只能在門外心急如焚地等待對方現身。

所幸，堇青所等待的人並沒有讓她擔心太久，很快地，安子晉便好好地從大樓出來了。

「他的精神力已經平穩至正常數值……這怎麼可能!?」專家們看著檢查儀器上

所顯示的精神力數據，發現他們目擊了一個奇蹟的誕生！

聽到專家的話，那些警察總算沒有再攔著堇青。堇青立即越過重重防線，撲進了安子晉的懷裡。

看著懷中喜極而泣的戀人，安子晉覺得自己就像擁抱著這個世界最珍貴的寶物，激動地垂首與堇青熱吻起來。

四周傳來陣陣掌聲與歡呼聲，是那些回過神來的人們給予他們的祝福，同時也是對堇青那場精彩絕倫的演奏的最高讚美！

一場針對安子晉的陰謀最終有驚無險地落幕了，同時也把堇青研究出來的新式精神力運用法展現到了人前。

一時之間，堇青聲名大噪，人們對於新精神力運用法的興趣與熱情非常高漲。為免麻煩，這幾天堇青都待在家裡不外出，就連從不間斷的直播都停止了。

堇青家外圍滿了記者，讓她覺得自己簡直就像再次經歷了喪屍圍城……

不，這些記者打不得、殺不得，可比喪屍麻煩多了！

警方很快便把郭松永的罪證搜集齊全，並把人抓捕歸案。

郭松永利用WZX1型金屬行凶，而且還成功造成了安子晉精神變異，影響深遠、行爲惡劣，刑責絕對會重判。雖然這個世界已經廢除了死刑，但把人判去正在開發的星球當苦力也夠他受了。

繼女兒出事後，兒子也出事了，秦知秋這段時間可謂心力交瘁，心裡把堇青恨得要死。

只是心裡再恨，她卻早已失去了對堇青出手的資本。即使沒有安子晉護著，已經名成利就的堇青也絕對不是她可以惹的。

而且，她若想報仇也是分身乏術，經過這次的事情，郭氏集團股票大跌，同時她還得面對安家的報復。在秦知秋焦頭爛額之際，郭氏企業還被爆出貪污醜聞，秦知秋更牽涉其中而被抓捕，很快地，郭氏企業便以宣布破產收場……

結果郭家一家三口就只有郭婉怡逃過了牢獄之災。然而她的音樂之路已斷，除了音樂又沒有其他特長，引以爲傲的背景也沒了，她本身不是個心志堅定、銳意進取的人，這輩子也只能渾渾噩噩地過。

郭松永在判刑後一直要求與堇青見一面，然而堇青卻認爲自己與這個偏執狂根本沒有什麼可說的。直至他前往偏遠星球，堇青都沒有去見他。

這個人一直以愛爲名，總是做著傷害別人的事。

上一世任由妹妹往原主身上潑髒水，後來事情被揭露後又囚禁原主間接害她身死。這一世，又因爲求而不得而把矛頭轉向堇青的戀人安子晉身上。知道自己無法拚得過對方，便使出了這麼卑鄙無恥的手段！

難道郭松永以爲，只要安子晉死了，堇青便會接受他的追求嗎？

眞是可笑！

終究，這個人最愛的還是自己。郭松永這次沒有禁錮堇青，選擇了另一條路，可他依然從沒有在意過喜歡的人的想法。依舊與上一世一樣，把所愛的人視爲自己的所有物，爲求目的不擇手段。

▲▲▲

菫青的研究成功引起了社會的重視，她把研究成果交給了國家，隨即新的精神力使用方法便開始普及起來。

那些嘲笑菫青配不上安子晉的人，現在都被大大打臉了。

誰還會說菫青配不上安子晉？

安子晉能夠找到菫青當女朋友，也不知道是幾生修來的福分！

不少精神力不高的人，因爲菫青而重新有了希望，說是重獲新生也不爲過。

受過菫青的恩惠，只要有良心的自然會記著對方的好。因此當菫青與安子晉結婚那天，不少民眾自發地舉辦了許多慶祝活動，電視上還有現場直播，簡直就像大型節日一樣。

此刻，在一間古老的舊房子中，郭婉怡正看著菫青與安子晉的婚禮直播。

自從郭家破產後，他們的資產都被拿去還債，繳不出高昂學費的郭婉怡也只能退學出來工作。

秦知秋在監獄坐牢，郭松永在偏遠星球服刑，再也沒有家人可以依靠的郭婉怡，夾起尾巴小心翼翼地過日子。

以往學習的專長無所發揮，因生活所逼也失去了能夠重新學習的資本，偶爾還會被人認出她是那個抄襲後反誣衊原創者的人，郭婉怡的生活過得一點兒也不好。

工作上處處碰壁，沒有了精緻舒適的生活，她憔悴的模樣彷彿老了十歲似的。此刻，郭婉怡自虐般地看著堇青穿著華美的嫁衣，風風光光地出嫁，只覺得對方那幸福的笑容無比刺痛著她。

說不出是嫉妒、怨恨，還是後悔，郭婉怡心裡翻滾著激烈情緒，最終忍不住號啕大哭起來……

堇青這一生致力於精神力的研究，同時她爲她的繆斯男神創作出一首又一首動聽的樂曲。

至於安子晉，則發展出一個強大的商業帝國，安家的產業在他的帶領下變得愈發強盛。

安子晉花費眾多資金無償支持堇青進行更多對於精神力的研究。可以說，堇青之所以有這麼出色的成就，安子晉的支持功不可沒。

兩人互相扶持著走過一生，直至安子晉走到生命的盡頭，堇青都在他的身邊陪伴著他。

這時候，安子晉的眼睛已經看得不清楚了，在朦朧的視線中，他看到眼前人有著一雙非常美麗的紫色眼眸。安子晉恍然覺得這雙眼睛非常熟悉，彷彿有過很多次，堇青都是用著這眼神來送別自己。

「阿堇……等我……就像這輩子一樣……我們還會相遇的……」

堇青訝異地瞪大雙目，接著便看到安子晉安詳地永遠閉上了眼。

撫上對方已經不再光滑、滿布皺紋的臉，堇青微笑著道：「那我們說好了，下一次你就待在我身邊不遠的地方吧！可別再讓我滿世界地去找你了……我的繆斯男神。」

說罷，堇青的靈魂緩緩離開，只留下一具垂垂老矣的軀殼，睡著般躺臥在安子晉的身邊。

能夠與你走過這一生，眞好。

《炮灰要向上04》完

後記

大家好~很高興與大家在《炮灰04》見面。

寫後記的時候剛過聖誕不久，今年的聖誕節我失去了一個很重要的朋友……先聲明，她還活著啦！只是以後應該不會再與我聯絡了吧？

我與她是中學同學，出來工作後也一直有聯繫。因爲聖誕節是其中一個同學的生日，因此大家都約定了即使工作再忙，至少也要在聖誕節出來聚一下。

聖誕節舉辦生日聚會的傳統一直延續至今，接近聖誕時我便開始相約大家餐聚，然後發現那位朋友一直沒有回覆。

就這樣，她失聯了兩天，因爲擔心她的安危便聯絡了朋友的妹妹，結果她妹妹告訴我們，朋友到台灣的寺院修行了……

其實這位朋友已茹素多年，也一直表示有這方面的意向。她也曾經告訴我們，正考慮回大學修讀佛學。只是很意外她最終會什麼事情也沒有交代，一聲不響地離開了。

然後就在前幾天，我們發現她默默地退出了群組。依舊是沒有聯絡任何朋友，只有群組提示留下了冷冰冰的一句「××退出了」。

雖然尊重她的選擇，只是這種離別的方式實在讓身邊的朋友感到不好受。我是覺得即使要出家，也可以先與身邊的人好好道別後再離開。而不是一聲不響地失聯，讓大家這麼擔心。

不過也許教徒的想法與我們不同，又或者朋友有自己的考量。總而言之，我也只能祝福她，希望她過得幸福就好。

這次的事情，讓我感受到有時候人與人的緣分眞的是說斷便斷，不知道什麼時候會迎來分離，因此要好好地珍惜著大家相聚的日子呢！

其實我是一個滿怕面對離別的人，在寫這篇快穿文的時候，不知不覺也有把自己的想法加在故事裡面。

比如堇青在每個世界完成任務後便會立即脫離，是因爲她害怕與那些世界的牽絆愈來愈多，離別的時候便更加痛苦。倒不如從一開始就只把注意力集中在任務上，然後盡快把目標完成後離開。

直至男主出現了，堇青有了一個即使脫離了舊的世界，也會在新世界與自己重聚的人。

一個可以陪伴她一直走下去、讓堇青願意在那些小世界停留下來的人。

在這一集中，當我寫到堇青以男主作爲靈感創作樂曲時，首先想到的不是他們在其他小世界遇上危險時的並肩作戰，也不是他們延續多個世界的愛情。

首先浮現在我腦海的，是堇青爲了男主願意留在小世界、陪伴他度過一生，以及男主會在堇青孤單穿越到新的世界時，與堇青在新世界相遇的部分。

不知不覺間，《炮灰》的故事已經來到了第四集。堇青與她戀人的故事延續到二〇一九年，也請大家多多支持。

讓他們在新的一年繼續曬恩愛、閃花大家的眼睛吧XD

香草

炮灰要向上

【下集預告】

星際時代降臨，選對邊站是最重要的事！
堇青這次穿越到新世界，一出場便身負家族重任──
「嫁入元帥家，成爲間諜女嬌娃！」

假裝順從出嫁的堇青，卻無法認同家族的卑劣，
然而即使將家族的各種罪狀雙手奉上，
依舊得不到元帥大人的信任！
看來想要將功贖罪，只得拿出影后百分百實力，
跑一趟諜影重重的雙面間諜戲碼了！

vol.5〈穿越變成雙面間諜〉 2019年春末，敬請期待！

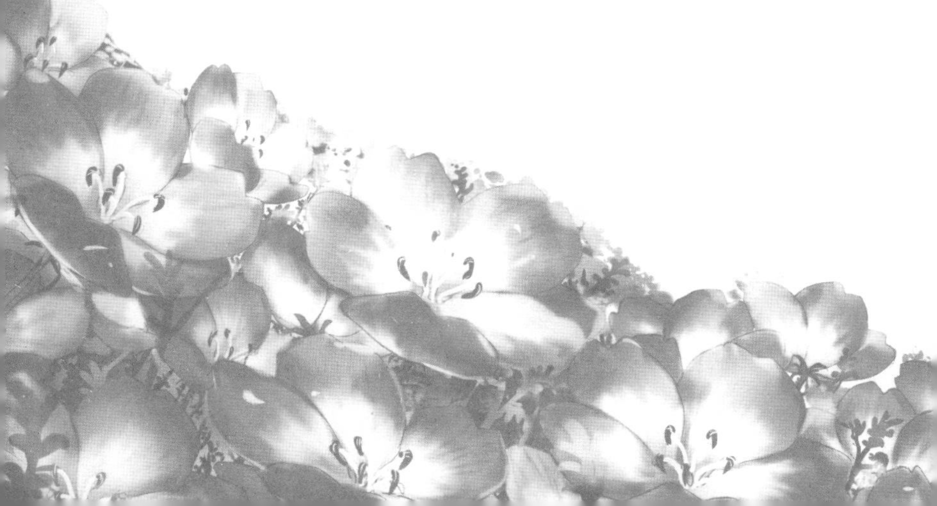

國家圖書館出版品預行編目資料

炮灰要向上 / 香草 著.
——初版. ——台北市：魔豆文化出版：蓋亞文化發行，2019.02
冊； 公分.（Fresh；FS165）
ISBN 978-986-96626-7-3（第四冊：平裝）
857.7 107023382

fresh FS165

炮灰要向上 vol.4

作　　者　香草
插　　畫　天藍
封面設計　克里斯
主　　編　黃致雲
總 編 輯　沈育如
發 行 人　陳常智
出 版 社　魔豆文化有限公司
發　　行　蓋亞文化有限公司
地址：台北市103承德路二段75巷35號1樓
電話：02-2558-5438　傳真：02-2558-5439
電子信箱：gaea@gaeabooks.com.tw
投稿信箱：editor@gaeabooks.com.tw
郵撥帳號 19769541　戶名：蓋亞文化有限公司
法律顧問　宇達經貿法律事務所
總 經 銷　聯合發行股份有限公司
地址：新北市新店區寶橋路二三五巷六弄六號二樓
電話：02-2917-8022　傳真：02-2915-6275
港澳地區　一代匯集
地址：九龍旺角塘尾道64號龍駒企業大廈10樓B&D室
電話：+852-2783-8102　傳真：+852-2396-0050
初版二刷　2021年10月
定　　價　新台幣 199 元
Published and printed in Taiwan

ISBN 978-986-96626-7-3

FS165

炮灰要向上

vol.4

魔豆文化　讀者迴響

感謝您在茫茫書海中選擇了魔豆，您的支持是我們最大的動力。
不要缺席喔，讓我們一起乘著夢想的羽翼，穿越時空遨遊天地！

姓名：　　　　性別：□男□女　出生日期：　年　月　日
聯絡電話：　　　　手機：
學歷：□小學□國中□高中□大學□研究所　職業：
E-mail：　　　　（請正確填寫）
通訊地址：□□□
本書購自：　　縣市　　書店
何處得知本書消息：□逛書店□親友推薦□DM廣告□網路□雜誌報導
是否購買過魔豆其他書籍：□是，書名：　　□否，首次購買
購買本書的動機是：□封面很吸引人□書名取得很讚□喜歡作者□價格便宜□其他
是否參加過魔豆所舉辦的活動： □有，參加過　場　□無，因爲
喜歡出版社製作什麼樣的贈品： □書卡□文具用品□衣服□作者簽名□海報□無所謂□其他：
您對本書的意見： ◎內容／□滿意□尚可□待改進　◎編輯／□滿意□尚可□待改進 ◎封面設計／□滿意□尚可□待改進　◎定價／□滿意□尚可□待改進
推薦好友，讓他們一起分享出版訊息，享有購書優惠 1.姓名：　e-mail： 2.姓名：　e-mail：
其他建議：

◎請沿虛線剪開、對摺、裝訂後寄出

◎請沿虛線剪開、對摺、裝訂後寄出

廣告回信 郵資免付
台北郵局登記證
台北廣字第00675號

TO：魔豆文化有限公司　收

103 台北市承德路二段75巷35號1樓

魔豆

魔豆